松浦彌太郎的「行動書店」（m&co. traveling booksellers）

採購必備的電話簿、地圖與相關資料

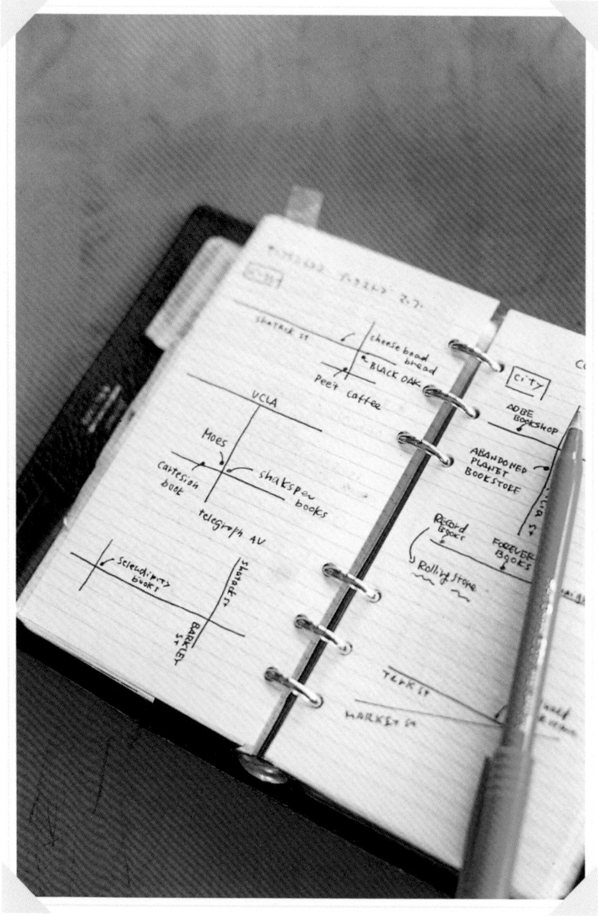

松浦彌太郎的筆記本裡畫得滿滿的都是書店地圖

《Happer's BAZZAR》雜誌裡 Richard Avedon 的攝影作品

松浦專心整理著手中的資料

一切從這三本書開始成形

松浦彌太郎的第一家書店。開幕時店裡的樣子 (※)

2002 年 9 月開幕的「COW BOOKS」(※)

最糟也最棒的書店

松浦彌太郎

序言
只工作不上班的人

有本名爲《如何不上班地生活》（How to Make Money Without Doing Time, 1980。日文版於一九八一年由晶文社出版）的書。作者是雷蒙・蔓果（Raymond Mungo）。內容是描述他在西雅圖開了一家小書店的故事。因爲時代背景是七〇年代初期，嬉皮文化還深植於年輕人的思想中，書中的想法、行動、精力的來源都非常前衛，充滿了自由的精神，當時還只是浮游於社會染缸裡的我，愈讀愈嚮往遙遠彼端美國大陸的廣博及自由。《如何不上班地生活》這書名，多麼清爽而充滿魅力啊。但仔細想想，馬上就醒悟到，不上班又能賺錢度日的方法，不表示不用勞動付出。這之間的差異非常大。仔細咀嚼這書名，我的心中燃起了些微的火光，「原來有一種選擇是可以不上班又能賺錢過生活的……」，那盞明燈至今依舊在我內心的某處溫暖地照亮著。

我們所受的教育，一向是要競爭分數，被迫努力學習不會的事情，總是有人在背後推著，往上再往上。然後在道路的彼端，就是永久地就職於所謂的一流企業。父母不斷告訴我們：「要進好公司喔。」這被認爲是一條最好的、能得到幸福的康莊大道。那麼，得到幸福的方法，有多少種不同的選擇呢？以世間一般的標準來檢閱，會發現眞的非常少。然而這些選擇幾乎都是跨越過學歷這個障礙的人，才能夠擁有的。在一流大學，取得好成績，在頂尖公司，取得好職銜，只要擁有這些，就可以抬頭挺胸，過著幸福而正確的人生。眞的是這樣嗎？

如果是這樣的話，那我們是否必須從那少數可以得到幸福的方法當中，選擇一種。如果不去選擇，或者是沒有選擇的權利，那無法選擇的人該怎麼辦才好呢？又，是否眞的選擇了那些可以得到幸福的方法，就眞的能夠幸福了呢？像這樣的疑問或不安，愈是了解現今的社會狀況，就愈是不斷地湧現，無法平息。

這個「只工作，不上班」的系列，我期許它可以像前述所說的那本書的書名一樣，讓許多人感受到一點緩緩湧出的力量與發現。希望每個拿到這本書的人，都能像我當初一樣，在心中點起一盞微微的希望之燈；或者像是在心底吹過一陣舒服的微風。讓大家知道，選擇上班雖然不錯，但不上班，而靠自己本身的力量創造出新的選擇，也並非不可能、也絕對不是錯的，這樣我就覺得開心了。最近，從很多人口中聽到新一代的年輕人都放棄了未來。他們說，因爲現在這個社會，連活下去的方法都必須是妥協再妥協才能得到。我並不認同這種說法。什麼樣的選擇都可以，唯一不希望年輕人選擇「放棄」。

如果有人問，不上班又能賺錢過日子的方法是什麼樣的方法，我會告訴他就是「絕不放棄」。從事自己最擅長的事，其他人會覺得開心、自己也會開心的事。雖然無法成爲第一名，但是是自己唯一會的事，形形色色的事情都可以。也許這樣的路會很漫長，也許會很辛苦、很勞累，可能生活拮据，但一定會有感受到幸福的瞬間。在一天裡頭，一定會遇到覺得眞好的那一刻；一定會有人覺得非你不可，一定會有人在某個時刻需要你。就算是在不得已的情況下開始上班，只要不放棄，不失去這樣的信念，也許就可以輕鬆度過一天中令你感到痛苦的時刻。

像這樣，就算現在無法馬上去做，但是總有一天一定可以圓夢，這樣的想法也是一種選擇。不上班絕對不是一件壞事，也不是什麼事都沒做。只要每天都能想一想，怎樣才能過得幸福？只要是自己想要的生活方式，不管用什麼方式過日子都好。這就是所謂的自由。每個人都有唯有自己才知道的各種狀況，也有很多可以走的路，每條路有各自的好處，也都可以選擇，如果沒得選擇，那就去創造新的選擇就好了，不管重來幾次都好，就算是停下來，或是走回頭路，也都不成問題。

這個系列，是我很喜歡的一群，沒在上班、但每天都過得很踏實的人們，講述他們的工作和生活，以及對工作和對生活想法的書。這些人的工作與生活，與其說是完成式，不如說都還是進行式。這些書，絕對不是所謂的 How-To 工具書。希望大家可以從書中讀到作者每天過生活的方式，在生活當中擁有的想法、視野，在心中所珍惜的事物等等。這些東西化成了具體的形狀，形成了他們現在的工作與生活。然後，你也能藉此有了一點活力，增廣了一些見聞。

序言寫長了，懷抱著這些想法，首先就由提出這系列的始作俑者松浦彌太郎篇開始，請多指教。

松浦彌太郎

m & co. 的由來

什麼才是真實？

我從來沒有想過，會像現在這樣從事與書相關的工作。二十五歲之前那段時期，我從高中休學，去了美國，回來日本之後也一直在美國跟日本之間往返。那時候的我，不知道自己該做什麼才好，一直覺得很迷惘。自己該做什麼好呢？……這個答案，或許直到現在都還不是那麼清楚明白吧！

高中休學的理由，如果不回溯當時的心境，我想很難說明那時候自己的感覺。但，有一件事情可以很確定的就是，當時的我可以說是和周遭環境格格不入。說是任性也的確是任性，但當時我感到一股莫名的危機感，覺得光是待在學校，我可能會瘋掉。絕對不是因爲早起很麻煩，或是爲了想有更多時間玩樂才休學。總之，要說明那時候的感覺，眞的很難。

當我認眞地想做某件事情時，剛開始都很順利，但中途一定會碰到非常大的障礙。

從我小時候起就一直是這樣。就好像有固定的模式一樣，我立志想做什麼事情時，中途一定會出現某種障礙，讓我無法繼續下去。然後因爲沒有跨越那道障礙或者擊垮那障礙的力量，我總是一遇到挫折就放棄。現在回想起來，會這樣也是沒有辦法的事，因爲不知道如何跨越障礙，所以當下只好逃開。高中休學也是這樣，當時我自己也不禁覺得「啊，又來了」。

從小我就常常思考「什麼才是所謂的眞實」，然後一直在尋找自己日常生活當中的「眞實」。同時，也抱持著很多疑問，爲什麼這是正確的、爲什麼必須這麼做等等。有一股比別人多一倍的強烈感受性，一種非常迫切想要知道眞實的心情。

因爲這樣，所以不免懷疑學校是不是沒有所謂的「眞實」。學校裡眞的有很多不合理的事情。大家都對於「必須去學校」這件事情，覺得有些不對勁，但還是遵從了與「眞實」不同的那一方。我看到這樣的情況，就覺得自己無法再待在學校了。偶爾我也會試著請教老師一些令我感到疑惑的事情，但沒有人告訴我眞正的答案。我想，我會對周遭人的反應感到失望，可能有某部分也是因爲，我認爲自己的想法才是正確的吧。總而言之，正義感和單純的天眞，窄化了我的視野。

高二休學後，每天一早我就離家，去公園、去圖書館、去電影院。之所以這樣，是因爲不想待在家裡什麼事都不做而被嫌棄，被家人認爲我不過是在家裡無事晃來晃去。跟家人道別，出了家門之後，我都盡量做一些不花錢的活動。

雖說沒有任何想做的事，但覺得自己既然休學了，就必須想辦法自立，所以才想說應該要開始工作。但高中休學的我，並沒有「選擇」工作的資格，只有土木工程之類的工作願意僱用我。第一個零工是「拆屋工人」，就是拆房子的工作。用超大的榔頭將牆壁敲垮，既危險又流得滿身汗、弄得全身髒兮兮的，但是我卻覺得十分暢快。總之就是盡量勞動身體，拚了命地去做。

那時候的日薪是四千日圓。沒有工作的時候玩得可兇了（笑）。雖然與學校的朋友漸漸疏遠了，但是在玩樂的場合認識的同伴也開始增多。當時，稱得上是朋友的，大都是二十歲以上的人，不管去哪裡，我總是年紀最小的。唉，從沒幹過什麼正經事，亂七八糟的生活。常常一時興起，一群人就開車去海邊，晚上就帶著女孩子到處玩。總之，就是拚命打工過活，完全沒有所謂「青春」的感覺。

這樣的生活，也有不少辛苦的地方。老是身處於社會最低層的環境，終究非常辛苦，感覺就像是舔著地面，從底下往上看的心情。打工的日子，因爲做的都是會弄髒身體的工作，沒人肯理會，完全是被衆人疏遠的感覺。

雖然不清楚現在還存不存在，不過當時只要一早去高田馬場鐵道旁的公園，就可以找到工作，這就叫作「立坊」[1]。只要站在那邊，就會被帶到某處的建築工地，就是所謂的臨時工。在那種地方，十幾歲的人差不多就我一個，其他大概都是成年人。在那些

1 立坊是土木、建築工事等招募以日計薪的臨時工立牌。

人裡頭，有些人好像連戶籍都沒有，還有一些不是日本人，但感覺好像是進到了一個過去所不知道的世界。因爲這樣的經驗，讓我知道了很多以前不知道的事。比方像是了解到人必須獨自活下去的現實，還有過去從未見識到的社會底層等等。在精神上也讓我變得更爲堅強。直到現在，我仍舊對於「隸屬某個組織必須服從」，或者「屈服於權力」有著抗拒感，我想也許是源自於那時候的經驗。

閱讀與對美國的憧憬

本來我就喜歡看書，那時候的興趣就是閱讀。當時讀的是高村光太郎的詩集和亨利・米勒（Henry Miler）的《北回歸線》（Tropic of Cancer），還有傑克・凱魯亞克（Jack Kerouac）的《旅途上》（On the Road）。從這三本書延伸閱讀，認識了許多作家跟作品。

高村光太郎的詩集，我從國中就一路讀下來，到現在還是我的閱讀重點書，是讓我覺得有「眞理」存在的重要寶物。亨利．米勒跟傑克．凱魯亞克的書，主題談的都是「自由」，讓我感受到「旅行的人生」非常有魅力，更讓我訝異於「原來可以這樣自由啊！」該說是開闊還是什麼？也許是被不同於日本那種小器視野的豁達所吸引。這兩個人可以說是我的偶像。

在持續的零工生活當中，我一直找不到想做的事情。但也因爲討厭自己一直這樣下去，腦海裡總是掛念著得想點辦法才行。結果到最後什麼都沒做成。雖然很想找到自己想做的事情再重新出發，卻找不到該怎麼樣做才好的方法。待在家裡也很不好受，老覺得給父母帶來困擾。

就在如此煩惱時，想說只有到國外一途了，於是起了出國的念頭。當時我看到刊登在《POPEYE》[2]上的美國風景，傑克．凱魯亞克所描繪的美國。感覺美國似乎有著我的

2《POPEYE》創刊於一九七六年，發行量超過五十萬份，是深受日本年輕人喜愛的時尚雜誌。

希望，心想，好吧，那就去看看吧！當然我經常讀的書裡，一直都有提到美國，所以，與其說是突然想去美國，不如說是慢慢累積了想去的念頭。因爲這樣，每天打工的生活終於也開始有了目標，覺得要好好努力才行。在宅配公司的集貨站打工了三個月，存了五十萬日圓，以體力來說是非常辛苦，但是一心一意想去美國的心情成了心底的支柱，讓我能夠認真地努力下去。

出發那天，免不了緊張萬分。我眞的很害怕。但完全沒有「還是別去了」的念頭，反而覺得「絕對不要回來日本」，有一種自己終於可以解脫的感覺。話雖這麼說，也不是在美國有了什麼特別想做的事情，只是抱著自己可以遇到「某種東西」的期待與希望。我的目的地是舊金山，一開始腦海裡就只有西海岸，因爲從《POPEYE》所認識的美國，就是西海岸。記得好像還騙了爸媽說，「那邊的語言學校可以免費入學」、「可以在日本餐廳打工」等，好讓他們答應我出國。

飛往舊金山

不管怎麼樣，畢竟是第一次的海外旅行，我把地圖緊緊地握在手中飛往美國。到了舊金山機場，每個人看起來感覺都像壞人（笑）。接著，一心只想著到市區去，出了機場立刻搭上巴士，結果先抵達了奧克蘭（Oakland）。原本完全沒打算到奧克蘭的，只是剛好搭上了開往奧克蘭的巴士。搭上巴士不久，我隨即感覺到「好像有點奇怪」，因爲巴士上坐的全是黑人（笑）。由於不懂英文，又沒辦法回頭，只好這樣讓巴士載走了。到了奧克蘭，問人家「這裡是舊金山嗎？」對方告訴我「是舊金山沒錯，也是奧克蘭。」（笑）。洛杉磯的奧克蘭是指美國國家美式足球聯盟（NFL）的奧克蘭突擊者隊（Oakland Raider），而舊金山的奧克蘭卻是黑人街。

總之，因爲不會講英文，我什麼事情都沒辦法做，只好在路上逛逛，隨便找家飯店住下。飯店住宿費花了五十塊美金左右，現在想起來還滿貴的，可能是遇到黑店被坑了。但是，當時連嫌住宿費太貴都不會說，更沒有勇氣露宿街頭，只好先在那裡住了下來。那天晚上仔細看了地圖，果然不是我想去的地方，第二天馬上搭巴士前往市區。但是抵達目的地之後，才發現那裡並不是我想像中的舊金山。當然會這樣啦，因爲《POPEYE》上所刊登的全是穿著滑輪的辣妹在聖塔・摩尼卡（Santa Monica）海灘旁穿梭而過的風景（笑）。

總之，我就在市區到處遊晃、找飯店，找到了一家招牌最破爛的地方，並且在這家飯店住了下來，開始生活，且每天到處亂逛。當時因爲寂寞，也跑到日本街去找朋友。連那種在日本絕對不會與他交往的人，不知道爲什麼，竟然成了朋友。雖然在一起，還是會覺得有點不對勁，可是沒辦法，總比孤獨寂寞好。我想對方應該也有同樣的想法吧。慢慢地朋友越來越多，也交到了美國朋友，因爲手邊有點錢，可以不用馬上去找工作，但也慢慢地開始從事一些不用碰錢的低層計時工，譬如搬家公司的臨時工等，需要付出大量勞力的工作。然後，開始習慣那地方的生活，精神上也開始有了餘裕。在那時候，因爲住飯店太花錢，還去住在認識的女生家裡。因爲周遭沒有有錢人，貧窮感沒有在日本時重，沒有錢也不會覺得羞恥，反而有錢的都是壞蛋（笑）。

美國是個住起來非常舒適、非常棒的地方。看到的東西全都很新鮮，大家也都願意接納我，大概三個月左右我就習慣了。那時候整天什麼都不想，就是一直玩。同時我也意外地發現自己竟然可以很容易地融入新環境。話雖如此，英語還是完全不通，雖然勉強可以溝通，但要交談就完全不行了。

就這樣經過了八個月左右，我決定回日本。本來是想一直住下去，但是因爲蛀牙惡化，腫得很厲害，不得不回去。人一旦身體不適，就會突然變得很脆弱。因此我決定回日本。不過我當時超過了居留期限，於是朋友介紹了一家免費診所，幫我寫了一份誇大其辭的診斷書。我拿著這份說我患了精神性疾病，嚴重到無法搭飛機的診斷書，前往日本大使館，大使館的人員對我照顧得無微不至。雖然我心懷說謊的罪惡感，但無論如何都不能說出實話。我就這樣靜默地回到了日本。

年少輕狂的歲月

回到日本之後，我變成了所謂的崇美人士。在我眼裡，同年紀的朋友怎麼看都像是小孩子。在美國的時候，爲了生存下去，費盡心思、吃盡苦頭，但回到日本卻不需要擔心這些，也因爲這樣，感覺每天都很無趣，所以又開始想著要去美國。只是因爲當時沒有廉價機票，我得再度開始打工存錢。在這種情況下，我還是去了好幾趟美國。並沒有特別要去做什麼事，只是感覺去了就可以見到朋友，於是就去了。

去美國這個完全陌生的國家，並在那裡生活這件事情，也許讓我有了莫名的自信，製造了我獨立自主的機會。我在美國學到了，不管將來想要怎麼樣，現在認眞工作、創造屬於自己的生活比較重要，並且，就去享受那樣的生活即可。雖然可能還是個半調子，但覺得生活有了充實感，像是得到了某種東西。

現在回想起來，我覺得我在美國見識到很多東西，像是流行、非主流文化等，我在日本的時候也陸續有在接觸這些。或許是從學校休學的自卑感作祟，我眞的看了很多書，也有自信比年紀大的人知道更多東西。當時的我，應該是非常地狂妄的吧。因爲以前被人看不起，所以對於人家不知道的事情——對我來說，那就是美國的生活——我多少知道了一點，反而開始將自己放在看不起人的位置了。我用這種方式換取自己的安全感。

所以十八、九歲時的我，跟二十五歲左右的人來往剛剛好。不管去哪裡，我總是最年輕的。覺得可以交朋友的人，大概也都大我十歲以上，一說到我的年齡，別人總是會嚇一跳。最令人感激的是，那些年紀比我大的朋友當中，有些人非常疼愛我，我也很順從地聽那些人說的話。一般人渴望從父母身上得到的慰藉，我卻是轉向對年紀大的朋友索取。從這些人身上，我從打招呼的方式、禮儀、品味，以及如何辨識好東西跟壞東西……。我學到了各式各樣的事情，也體驗了許多最高級的東西，從生活、玩樂、飲食到所有的一切，那都是我以前所不知道的世界。

那時候的日本正處於泡沫經濟的時代，我所認識的那些人，沒有一個是下等人，全都是一流的人物。譬如說在打工時很疼愛我的G先生，當時約四十歲，眞的教了我很多東西。在他底下工作，我學到了進口貿易相關業務。不過愈學愈多之後，我就開始變得自大，某天突然覺得「從這個人身上已經學不到東西！」就辭掉那份工作，也斷絕了關係。被一個小了二十多歲的人這麼界定，他可能會受到很大的傷害，現在回想起來，我眞的相當懊悔，因爲他眞的教會了我很多事。或許就是在愈學愈多的過程中，我驕傲自滿了起來，加上那時候太年輕、狂妄、過於相信自己的能力。我之後一直沒有再跟那位前輩說過話，但是在我心中，實在很想跟他道歉。雖然已經是二十年前的事了，但直到現在我還是很尊敬他，有機會我一定要再去拜訪他。

m & co. 的前身

離開G先生之後，我又去了趟美國。這一次是去紐約，那時候，我因爲對骨董雜貨和家飾品感興趣，想要從事仲介這類東西到日本的工作，經過思慮之後去了紐約。因爲設計跟家飾品，當時還是紐約最進步。

這次跟在舊金山的時候不一樣，感覺有一半是在工作。那時候剛好是服飾店開始販賣雜貨的時期，我有時候幫人家處理開店的業務，有時寄送型錄、資料等到進口家飾雜貨的公司。另外也幫日本來的人帶路。一心期望自己在紐約，可以協助一些從日本來的人。當時因爲沒有工作證，所以就每三個月地來來回回。現在回想當時究竟「做了哪些事情」，還會想不起來。不過，我很明確的是，我對「找東西」很有自信，想知道什麼也知道該如何查詢，這些都是我擅長的事。譬如說，去書店很快就可以找到自己想看的書。所以接受委託找東西這項工作，對我可說是駕輕就熟。我覺得，到現在這依舊是我的長處。

話雖如此，我並沒有稱得上是工作的工作，所以也只是過一天算一天地生活。這點跟舊金山時代的情況相比，並沒有太大的改變。還有，我想我對工作本身的熱情也不是太強烈，一切以玩樂爲優先。但也不是說工作等於玩樂，而是一直想著要怎樣才可以不工作地一直玩樂下去（笑）。因爲還年輕的關係，也不必要過安定的生活，想說順其自然就好。而且當時日本正處於泡沫經濟時期，隨便打個工，就可以馬上賺到錢。越來越多人把錢花在生活和嗜好上。「我找到這樣的東西，覺得如何？」這樣一說馬上就有人買走。還有，當時因爲流行二手服飾，我在紐約二手衣店買了衣服，通知日本的服飾店，馬上就有店家以現金買走了。所以當時沒有必要爲了生活操勞，是個奇怪的時代。

正是那個時候開始自稱「m&company」。因爲必須開請款單，於是便使用這個名字。名字是來自於紐約一家叫作「m&co.」的設計公司，這家公司現在仍在營運中。我有朋友在那裡上班，因爲我的姓名松浦也是「m」開頭，於是想說我也來開一家日本的「m&co.」吧，便用了這個名字。

那時候還沒有開始賣書。因爲我喜歡書，也常常去二手書店。當時不用講英文，也可以耗上一整天的地方，就只有書店了。而且可以看到很多自己從來沒看過的書，所以我常常去，從早上一直待到晚上。

自從生活有了餘裕之後，我對攝影也開始感興趣。剛開始會去一些工作室，或者美術館、藝廊看攝影展，不管是報導攝影還是流行寫眞。因爲想看很多照片，所以我去了各式各樣的二手書店，搜購舊的美術書。漸漸地，我逛了很多很多書店，對於哪一家書店有什麼樣的美術書籍、賣多少錢……，我慢慢地就能掌握行情。舉例來說，某家書店賣五十美元的書，在別家舊書店賣三百美元是司空見慣的。

剛開始時，我就是用這樣的方法賺錢，雖說生活開始有餘裕，也還是沒有什麼錢。所以我只買一些有珍貴照片的書放在手邊，看了好幾次、已經看膩的書，就在路邊賣掉，再用那些錢去買別的書。用五十美元買的書，在路邊用一百美元賣出，有人嫌貴的話，只要跟他說：「對面那家店可是賣三百美元耶！」客人就會買了。「m&company booksellers」（以下簡稱 m&co.）的起源就是在紐約的路邊，像這樣賣美術書籍開始的。

講到在紐約街頭賣書，感覺好像在做什麼特別的事情，但是在紐約大家都這樣做，我只是模仿而已。那時候也體驗到，處於較低地位抬頭看人的感覺。但是爲了買新書，爲了明天有飯吃，雖然處於低下階層，但我心裡卻有著，以後大家等著瞧的強烈念頭。

當我抱著幾本自己喜歡的書回到日本，給一些年長的朋友看時，大家都相當驚豔地說：「你若是拿這種書來，我可以全部買下喔！」這讓我覺得很驕傲。其中還有人當場就把錢拿給我，要我買一本同樣的書給他。很多一流的圖像設計師、攝影師、藝術指導等，都跟我買了我找來的書。當時我雖然不知道舊書店定價的方式，但我訂的價錢，比他們以往買書的價格都還要低是事實。的確，好書價格一定高，但是只要認眞找，一定可以找到便宜的。那時候我也深深覺得自己眞的很擅長找書。只要到了紐約或舊金山，哪裡有什麼全都在我的腦子裡，我也開始有了「這也許可以成爲工作」的想法。這之後，我便開始賣書了，感覺過去積在胸口的那股鬱悶全散開了般的舒暢。

m&co. 上路

只要想得到的事，就全部都做

在還沒有網路的時代，我沒有店面，又想要賣書。爲此，我決定「只要想得到的事，就全部都做」。就算是別人聽起來覺得會白費功夫的事情，我也決定只要想得到，就全部都做了再說。因此，我當時失敗是理所當然的。

一開始，我每天手裡拿著「分類廣告電話簿」展開電話作戰。我打電話給各個設計師、美術指導、攝影師等，直接跟他們正面接觸。同時也展開書信作戰。信封上的收件人名字還特地用毛筆書寫，我想如果用原子筆寫，大概在助理那裡就被擋住了，大師們是看不到的。即使這樣，當時覺得只要一百個人裡，我能見到一個就夠了。我還試著製作過型錄等等，各種方法都試過。總之，就算是小小的一件事情，只要我想得到的都做了。因爲我可以跟別人一較長短的只有書而已，所以非常拚命。在圖書館裡翻閱流行雜誌，分析「這個品牌應該會想要五〇年代的設計」，就打電話去問對方的需求。拜此之賜，到現在仍維持關係的人還有不少；也有人買了書之後，還介紹別的客人給我。現在回想起來，我大概做了不少蠢事或丟臉、失禮的事情。但，就算再小的事，想得到的全都去做，這樣看似簡單，其實並不容易。最需要的就是勇氣。但相對的，我非常樂在其中，想盡各種辦法，讓對方覺得訝異、驚喜。說要送樣書去，一口氣寄了十箱以上之類的事，任誰都會嚇一跳吧（笑）。但是只要對方一看裡頭有很多自己需要的書，就算嚇了一跳，還是會買。現在我就沒辦法再這麼做，但是因爲這樣才能跟對方交流，我覺得當時的作法是對的。

除了一邊進行個別推銷之外，我也在原宿的貓街[3]鋪了張帆布賣舊雜誌；在跳蚤市場也賣了不少。我賣的舊雜誌，是我在美國用五美元所買回的，一九五四、五五和五六年的《LIFE》雜誌[4]，從其中割下的廣告頁。因爲那三年，是美國景氣非常好的時期，所以

3 位於原宿 Farmer's Table 附近的一條個性小店林立的小巷。因爲巷子窄小，就像貓咪走的後巷，所以被稱爲 Cat Street。

4 美國歷史最悠久、最有名的新聞攝影雜誌，創刊宗旨爲「To see life; see the world.」。揭露過無數的歷史大事，例如南京大屠殺。許多報導攝影大師都曾效力於該雜誌，能夠擔任《LIFE》的攝影師可說是一種無上的光榮。

廣告頁很多。一本雜誌大概就有三十頁的廣告，我用美工刀割下來之後，墊上厚紙板再套上塑膠袋⋯⋯，一張賣五百日圓。當時，在日本的進口雜貨店，《LIFE》一本賣兩千日圓，但在美國買，一本含運費約一千日圓。而我藉著三十頁的廣告，可以賣到一萬五千日圓。

有一天，我像往常一樣在貓街賣舊雜誌，一個梳著飛機頭，一身五〇年代風格打扮的男子來到我的攤位，把我擺的東西全買走了。後來心才知道，他就是PINK DRAGON的山崎眞行[5]先生。我當時眞的很開心。山崎先生不只買了我的東西，還下了訂單說是店裡要用的。因爲這個機會，我也開始了《LIFE》廣告頁的批發。連PARCO百貨公司的雜貨店也跟我買，我靠賣廣告頁維生了好一陣子。一有錢，我就去美國買人家委託的東西，或者人家沒有委託的東西（笑）。像這樣來回往返美國跟日本之間，而我也不清楚實際上我到底有沒有因此賺到錢⋯⋯。

當然，沒辦法光靠賣書過活，我還是繼續在建築工地打工。當時我一週三天賣書，其他四天都去打工。雖然幾乎完全沒有休假，但賣書的那三天，對我來說其實就是休假。我的目標是希望快點把零工辭掉，只將賣書做爲我的工作。但是我很明白，同時做兩份工作，對我來說是很好的平衡。也許光賣書也能撐下去，但是我不希望過得太窘迫。這也是從周遭的大人們身上學來的。因爲對自己找到的書有自信，所以我也不想鞠躬哈腰地賣書，覺得一旦這樣，就會降低了書的價値。就算沒有必要擺出高姿態，但在某種意義上，我也希望可以抬頭挺胸地來做。所以我仍需要藉由打零工來維持精神上的平衡，不辭掉零工對我來說也是很重要的。與其去推銷，我寧願選擇跟願意看我的書的人，透過書本來進行溝通。不僅希望跟客人一起度過快樂的時光，更希望用這樣的方法來認識人。總之，我就是不想把自己發掘的書隨便亂賣。

5 原宿流行時裝先驅者。

用心學習與溝通

我想那時候，我一樣還存有「自己仍處於低下階層」的感覺。因爲我所認識的人各個都擁有學歷或頭銜，但另一方面，我想我也對於自己跟別人做著不一樣的事情，感到開心跟驕傲吧，覺得「這就是美式風格」，認爲自己「最像美國人」（笑）。也有可能是因爲一直覺得自己不如人，所以我總是強烈地要求自己，去搜尋別人不知道的事情，以增長自己的知識。

關於設計史或美術史方面的知識，由於我在紐約就已看過不少這類的書和資料，可以說是徹底研究過。知名的攝影師，曾經在哪本雜誌拍過什麼樣的照片，這本雜誌是由哪個藝術指導設計等，我都是看著實際的東西學習到的。在紐約的書店，有像雜誌專家一樣的人，我也從他們身上學到很多東西。就這樣學著學著，開始了解自己之前在日本所看到的海報、圖像、廣告等的創意，其實源頭都從這裡而來。那時候就覺得，應該只有少部分人知道這些創意元素，一般人多半不知道。我自己不知道的東西就很多了，一般不知道的人一定更多，想到這裡，我興起了一種以傳達這些訊息爲工作的想法。我認爲未知的東西極具刺激性，自己也會因爲這樣而想要知道更多。

剛開始喜歡上攝影的時候，也曾經對攝影師的工作產生興趣，但意外地我很輕易就放棄了。愈研究攝影愈覺得所有的攝影手法都被用過了，現在開始拍，不管怎麼拍都變成只是在模仿。基本的攝影詮釋方式，在六〇年代幾乎都已經被用盡了，我覺得要擁有自己的原創性很困難。不過，現在回頭來看，這完全是錯誤的想法（笑）。還有就是比起廣告攝影，我更想拍的是被稱之爲「社會風景」（Social Landscape）的照片，但是自己卻没辦法將鏡頭對著日常生活裡的人。我不想爲了拍照，去看人家厭惡的表情，或者被斥罵、傷害別人。既然這樣，自己所學到的關於攝影的美好，就透過書本來傳達比較好，於是決定將自己的力氣用在這上頭。

我想了解、研究的事物，很多都是因爲一個小小的契機，或者小小的趣味給引燃的。當時，雖然也自負於年輕卻見多識廣，只要稍微改變看事情的角度，就可以發現所不知道的世界。當時對於自己涉獵的知識領域愈來愈廣泛，而感到開心。像這樣同時吸收美術、設計、音樂等不同領域的東西，會在某個地方全部連結在一起。然後再從這裡跨到另一個領域，感興趣的東西就像波紋不斷擴散出去。接觸愈多，逐漸感覺得到自己內在的厚度愈來愈紮實；隨著知識的擴展，喜歡跟討厭的東西也會看得愈清楚。只要知道喜好，就可以確認自己的品味。就算在同樣感興趣的領域裡，我或許也想藉由選擇喜歡跟區別討厭的東西，來發現自我。

還有，學習所得到的知識，藉由告訴別人，會再擴散出去。在那個時期，可以遇到許多一流的藝術指導、攝影師、設計師等等，對我來說有著莫大的激勵作用。從他們那裡受到刺激，讓我產生欲望，想要知道更新更多的東西；而得到的新知識，又會讓我想好好磨練自己的品味。藉由這樣的相乘效果，我對於書本的知識，又了解得更深更廣了。

回想在這之前的自己，總是關在自己的殼裡，沒有與人家溝通交流。少年時代也沒做過什麼讓別人覺得開心的事情，所以也不曾覺得自己被別人需要過。當時因爲年輕，還可以裝作一副精力旺盛的樣子，但其實因爲高中休學的關係，某些部分是有點自暴自棄的。但這些卻因爲一個小小的契機，讓我開始研究攝影、認識舊書，然後把知道的知識與別人分享，別人還會因此覺得非常開心。開始賣書之後，我第一次感覺到自己對別人是有用的。然後，因爲難得對別人有幫助，就覺得自己可以再努力看看，這就是我工作的原點。因爲希望別人選擇自己，也想對別人有所助益，想從裡頭找到自己存在的價值。第一次感受到在愛情之外被別人需要，這對我來說眞是一件非常快樂的事。現在也一樣，我希望自己能夠對別人所有幫助。當然我也想賺錢，但比起賺錢，能幫助別人這件事更讓人開心。以前還覺得可能自己不存在會比較好，結果有人卻跟我說：「少了你這樣的人，還眞傷腦筋！」任誰聽了都會覺得開心不是嗎？書眞的給了我各式各樣的東西，總之，當時因爲有知道了未知之事的快樂，找到自己想找的東西的快樂，還有傳達這些東西的快樂，所以感到非常充實。

第一家「店」

開始賣書沒多久，我在赤坂的「Huckleberry」的一角開了店。每個月花一點租金，借了地方開書店。那是我第一次以跟不特定多數人接觸的形式開業，是剛起步的m&co.。在那之前，雖然我是在賣書，但其實比較近似於「賣資料」。除了在路邊販賣的時間之外，我的客人都是藝術或設計領域的專業人士，當我開始覺得差不多是時候，該以「書」來跟一般人交流了，於是就開了這家書店。還有，老實說，我也開始厭倦拿著笨重的行李到處跑了（笑）。另一方面，可能也是想捨棄那種在路邊賣書的生活，而採用店面這種攤在陽光底下的方法試試看。

開店之前沒多久，我接到一通電話：「我是《BRUTUS》[6]的岡本，聽說松浦先生最近打算開店，希望可以跟您見面採訪一下……。」我畫了家裡的地圖，傳眞給岡本先生。那時我住在橫濱，庫存書都放在自己家裡。因爲住家離車站很遠，我心裡想說可能不會眞的來吧。夏天這麼熱，不可能跑那麼遠，來見一個連店都還沒開張的人。結果，那個人眞的依照約定的時間來了，他就是現任《relax》[7]總編輯的岡本仁先生。在還沒有人認識我的時候，親自跑來找我的岡本先生眞是一位了不起的編輯。因爲這樣的緣故能夠認識他，對我來說是一件非常重大的事情。跟他成爲朋友已經很久了，我之所以這麼尊敬他，就是因爲曾經有過這樣一段往事。

岡本先生看了我家的庫存書，非常喜歡，說他全部都想要。而且兩個月之後，《BRUTUS》的刊頭也眞的登出了我的介紹。書店在開店前評價就很高，接到許多詢問電話，開店當時還有人排隊等候。可能因爲那時候還很少有書店專賣雜誌或是西洋的舊美術書，所以讓人覺得很稀奇吧。之後，幾乎所有的雜誌都來採訪過，因爲我自己也很拚命，所以很多人都來店裡光顧。

6《BRUTUS》是以藝術相關主題出發，內容涵蓋美學、旅遊、娛樂、休閒、美食等話題的綜合型雜誌，由發行《anan》、《Hanako》等多本知名暢銷雜誌的「MAGAZINE HOUSE」公司所發行，每月出刊兩次。另有以報導建築、設計相關內容爲主的姊妹刊物《Casa BRUTUS》。

7《relax》是日本時尚生活雜誌，刊載最新、最流行的時尚潮流與生活議題，包括街頭文化、流行服飾還有獨特的藝術作品與人物訪談等。設計與攝影風格特出。二〇〇六年九月停刊。

在赤坂的店，邂逅了許多至今都還保持連絡的人，那是我覺得最棒的一件事。當時包括「PIZZICATO FIVE」的小西康陽[8]先生、「Fantastic Plastic Machine」的田中知之[9]先生，還有以岡本先生爲首的傳播界人士等。因爲認識了各式各樣的人，使得自己的世界愈來愈寬廣。Huckleberry 時期認識的人，直到現在都還是非常重要的朋友。因爲在 Huckleberry 時，還有料理家、造型師等來舉辦個展，所以也認識了料理作家長尾智子小姐和福田里香小姐、設計師佐佐木美穗小姐、造形師岡尾美代子[10]小姐等。

在那之前，我大多與年紀比我大的人來往，所以不曾有過要一起做些什麼事的念頭；但在赤坂所認識的人，領域非常廣、又幾乎是同一世代，所以我們一起辦活動、共同發行免費雜誌等等。跟田中先生第一次相遇，是在中目黑一家叫「摩登廚房」的俱樂部。我們曾經在那裡一起辦過幻燈片秀的活動——拷貝自己所選的照片以幻燈片的方式放映。因爲頗受好評，我們也去東京以外的地方辦過。小西先生也有參加，還有獨立音樂品牌「ESCALATOR RECORDS」的工作人員也都來參與。那時候，小西先生跟我說「松浦先生應該像ＤＪ做音樂一樣，也做做書比較好。」、「以前都是樂手做音樂，但爲了培養自己的感性，ＤＪ也開始做音樂了。松浦先生平常也看很多好的圖像，應該做個什麼才好。」當時聽了小西先生這樣說，覺得我也許眞的可以這麼做試試看。我第一次寫文章也是在赤坂開店的時候，一開始是登在《BRUTUS》，我寫了關於神保町的「東京泰文社」舊書店結束營業的事情，之後陸陸續續有人請我寫文章。當時我的心態是，只要有人需要我，我什麼都願意做，所以人家拜託我的事，我全都做了。想盡辦法滿足拜託我的人，並全心投入其中。

那時候，每天都像是嘉年華會，在那之前覺得自己在日本沒有容身之處，但因爲在赤坂認識了很多人，也找到了自己應該走的路，第一次有找到容身之處的感覺。那時候

8 PIZZICATO FIVE 是小西康陽在一九八四年組成的日本流行樂團，爲日本澀谷系音樂最重要的團體。澀谷系音樂是指八〇年代末，受到英國樂團影響的年輕人，經常組團在澀谷一帶的 LIVE HOUSE 表演，通常使用大量的電子音樂，音樂風格懷舊而清新，聽來輕鬆愉快，仿若置身派對。

9 田中知之身兼藝人、製作、編曲、ＤＪ等身分的日本前衛音樂名人田中知之，一手創造概念音樂組合 Fantastic Plastic Machine，以獨特的澀谷系曲風和時尚創意聞名日本及歐美樂壇。多才多藝，同時跨足電影、藝術與時尚圈等。

10 岡尾美代子曾出版作品《Room Talk》，中譯本《私房話》由台灣城邦集團布克文化出版。

雖然也去美國，一到美國也會去見見以前的老友，覺得很舒服。但是在赤坂時代之後，因爲心境的變化，開始會想去陌生的地方。自己會有這樣的改變，我想是因爲認識了一些人，我覺得好的東西，他們也一樣覺得很好。這種事，在我開店之前是無法想像的。我從沒想過竟然有同世代的人，可以跟我一樣，沈浸在書本的美好當中。這些人雖然都是我的客戶，但我不太把他們當作是做生意的對象。在店裡，比起他們買書，我覺得跟他們聊天更令我開心。那時候，藝術書籍非常受矚目，大家也都能藉由免費雜誌，將自己覺得有趣的東西或想法發表出來，整個氣氛都很好，發現新事物的喜悅溢滿周遭。不管是音樂、書籍或家具，大家都正處於打聽舊的東西、看舊的東西，然後發現新創意的趨勢。在這當中，我希望可以告訴大家關於書本的事情，希望讓更多人可以看到。這個也想推薦，那個也想介紹……。眞的，雖然說是工作，但有趣到讓我不覺得是工作。

這段時間我也持續出門去推銷。因爲書店方面就像我先前說的那樣（笑），必須靠推銷來提升利潤也是事實。對我來說，赤坂店開張之前，因爲我的推銷而買書的人，對我來說都是恩人。肯跟一個跑單幫的年輕小伙子買幾萬日圓的書，眞的很令人感激。我深切地感受到人際關係的重要性。對當時的我來說，大家都像是在雲端上的人，現在回頭想想，他們會願意跟我見面，眞的很難得。不只見面，聽到他們說：「眞厲害，我只有在書裡頭看過呢！」我很難不興奮激動。當時往來的傳眞，直到現在我還當作寶物般地收藏著。

推銷之前，我會先看對方所做的事還有作品，然後思考他是受了哪個時代的影響，再挑選一些商品帶過去。我通常只會帶屬於對方「好球帶」的書去，因爲書很重，我希望能兩手空空而返，所以挑選書時我會考慮很多。如果只想散彈打鳥，什麼都帶去的話，對方可能會覺得「這傢伙是來推銷書的吧，他該不會強迫我買吧？」挑選對方喜歡的東西，因爲猜中對方心思，看到對方高興我也覺得開心。爲了回報對方，再去找新東西，這樣就很容易形成良性循環。可以直接見到對方面談時，除了集中精神在談話上，我也會仔細觀察對方或是他擺在書架上的書，去探究他想要的是什麼，就是這樣建立起我自己的客戶資料。知道這個人喜歡什麼之後，我就會把相關的新消息傳眞給他，保持電話聯絡。

對方雖然因為送來的都是自己喜愛的書籍而感到意外，但也覺得很開心，就算沒有跟我買，譬如攝影大師荒木經惟先生，跟他雖然只在電話中交談過，但也留下了很有趣的經驗。當時我抱著忐忑不安的心情打電話給他，結果是他本人接的，這讓我嚇了一跳，但就算會感到緊張，藉著打一通電話而開始互動的經驗也讓我有了點膽識。雖然全都是我自己想出來的方法，卻也學習到很多東西。雖然被拒絕的次數比較多，但也因為有人願意聽我說，我才能抱持希望繼續努力；也因為對自己的商品有絕對的信心，所以並不會覺得痛苦。另外，那時候聽我推銷、買我書的人，有些人現在和我還一起工作，雖然覺得很不可思議，但真的是令人高興與驚喜。

從各式各樣的要素當中，歸納出人的喜好，這種能力可能是我在美國時所培養出來的吧。不會說英文的我，只有拚命地想像對方是在跟我說什麼、對方在想什麼。我覺得集中精神思考事物，具備「想像」的能力，不管什麼樣的工作都是必要的吧。這個能力到現在，對我寫文章或是製作、編輯都有很大的幫助。

這時期，我對於書籍的研究還是持續不斷進行著，應該說，是覺得自己不更用功一點不行，而一路往書本的世界沈溺下去。一流的東西得到好評價是理所當然的，但沒有人知道的二流的東西，或是沒有收錄在教科書裡的東西，也有很多是很棒的；雖然沒有出版攝影集，但是活躍於雜誌領域的優質攝影師很多，沒有登錄在參考書的作品也很多。可是，如果不用自己的腳，不用自己的眼睛去尋找，這樣的書就會永遠被埋葬在舊書店的一角。雖然不是時代的主流，但能反應出時代氛圍的、所謂次文化的東西，正巧也是我感興趣的事物，所以也是我販賣的商品。看著雜誌、作品集等，拚命地學習。即使到現在，我還是認爲必須學習的不只是自己所知道的世界，必須踏入未知的世界，才會有新的邂逅。

那時候，我一邊工作一邊學習著與工作相關的事物，日子眞的過得很開心。爲了想學習更多的東西，甚至覺得一天的時間不夠用，我不記得曾經因爲太忙而感到疲倦過。在那之前，因爲希望獲得別人的肯定，我拚命做一些額外的努力，剛好在那時候，我自己內在也開始產生興趣。因爲交了朋友，感覺有更多人需要自己，於是那種拚命付出的力氣開始轉移到自己身上。這時候，以前那種舔著地面的辛酸全都煙消霧散了，雖然也有辛苦的事情，但是令我開心的事情更多。

m&co. 中目黑時代

由於 Huckleberry 改裝的關係，開了三年的赤坂店必須關閉。剛好，因爲寫作的工作也增加了，我正想租個新辦公室。巧的是我朋友的經紀公司「KIKI」的川崎小姐也正在找辦公室，我們就想說一起找個大一點的地方，於是就搬到了中目黑的公寓。這是新的m&co. 的開始。

這次因爲搬到公寓，所以我的經營方式改成了預約制，而不是一直開著門等待顧客上門。雖然在赤坂時期也一樣，來店裡之前要先給我一通電話，確認我在不在（笑）。

會選擇在公寓開店，是因爲我希望可以提倡一件事，就是開店很簡單。一般而言，開店很花錢，要找地點、要裝潢等等，有很多事情要忙，相當辛苦。但是如果對商品有信心的話，不管是木造屋還是公寓，什麼樣的地方都可以開店。

我剛搬到中目黑時，附近大概只有家具店「organic design」[11]。當時人少也很閒，但不可思議的是，朋友之間的交情卻愈來愈好。雖然店家不多，但是慢慢地在中目黑設立辦公室的人愈來愈多，最後還被媒體冠上了「中目黑系」的名稱，形成了一股小小的風潮。我想 organic design、organic cafe 的存在有很大的影響，在那裡聚集的人，總是帶領著某些潮流。雖然各自做著不同的工作，但大家都互相認同與肯定。每次參加

11 organic design 是相原一雅一九九五年於東京中目黑開設的進口家具店。之後於九八年在中目黑開立咖啡館 organic cafe，以餐飲爲主，總共開設了四家提供美味料理且設計出色的店鋪。曾出版《カフェ三昧 モダン三昧》，告訴讀者「物色商品」與「開店」的訣竅，中譯本《設計 × 咖啡》由台灣城邦集團布克文化出版。

演講，總是會遇到松田岳二[12]先生、田中知之先生、橋本徹[13]先生等人，我覺得大家當時都正處於形成自己工作風格之前的時期。雖然沒有說要一起做些什麼，但是各自都有決心，不讓自己所做的事情流於一時的興起或是玩樂就結束，我們都是用這樣的態度來面對工作。

在這個時期，我在書店以外的工作大幅地增加。剛好是我三十歲左右。雖然如同往常一樣去國外，收集書本，但也做了Laforet[14]發行的免費刊物、電視節目的編劇，還製作電影的預告片、設計CD封面，以及書籍的裝幀等。幾乎快搞不清楚自己的本業到底是什麼，工作的範圍愈來愈廣。還在一家叫VANDAN的專門學校擔任特別講師，在藝術指導科講課一年，一星期兩堂課。雖然做了非常多的工作，但可能因爲是泡沫經濟崩潰之後的關係，冷靜地想，收入倒是意外地寒酸（笑）。「忙成這樣，爲什麼會沒有錢呢？」會有這樣的感覺（笑）。不過，雖然是處於沒有錢的時期，每天倒是都過得很充實。現在回想起來，雖然也會覺得當時不夠踏實，但拜那時候做了各種事情所賜，也知道了什麼樣的事情，自己可以做到怎樣的程度。毫不保留地釋出自己的品味，只要覺得有趣的事就都去做。所有的事情都是第一次，但是都盡了全力、拚命地去做了。一邊告訴自己，如果失敗的話，就沒有下次了。幾乎不曾拒絕過別人，雖然也有點是在消減自己的不安，但有更大一部分是因爲別人需要自己，而覺得很開心。

對於「本業」的迷惑

搬到中目黑兩年之後，KIKI公司因爲擴充規模，開始覺得辦公室不敷使用，我也因

12 松田岳二是日本音樂界頗具盛名的製作人兼DJ，早期以澀谷系音樂人出道，個人風格顯著。他的音樂受英倫搖滾影響甚深，所以樂曲都帶點吉他搖滾的影子與復古味。

13 橋本徹，一九六六年生於東京，是日本頗受歡迎的DJ，經常撰寫樂評，並發行許多免費的音樂刊物，曾於九六年至九九年間擔任日本淘兒音樂城免費樂評誌《Bounce》的總編輯。九九年開設餐廳「Cafe Apres-midi」，二〇〇二年又開了「Apres-midi Gran Cru」義式輕食店，由於餐廳內播放的音樂品味講究，許多日本唱片公司也邀請他策畫製作多張音樂專輯。

14 Laforet，聚集了許多最新、最流行的年輕品牌，包含時裝、飾品、家居精品、雜貨、化妝品、書店等，是日本年輕人非常喜歡逛街購物的地方。

爲愈來愈忙的關係，決定分開各自租房子。那時候的 m&co. 是中目黑系的人常去的書店，只要去那裡，就可以找到既時髦又能啓發創意的書，這樣的形象也漸漸地固定下來。雖然想回應這樣的期待，但事實上，必須不斷地找新東西，讓我開始覺得有壓力也是事實。即便問我「薩姆・哈斯金[15]之後會是誰引領潮流？」「最近有什麼好東西？」……一開始我也不是因爲「最近這個很流行喔」的目的在介紹書，也沒有打算要創造流行，於是開始厭倦人家想從我這裡知道「下一個是什麼」。

因爲事情開始變得不有趣，開書店本身也變得不好玩。一這樣想，精神上要繼續書店這件事情就變得困難了。會變成這樣有一部分是我自己的責任。但自己覺得好的東西，沒辦法按照自己的步調介紹給別人時，我便決定把書店收起來。除此之外也有別的原因，像是在離開中目黑之前，我因爲寫文章的工作增多而變得太忙。只有知識輸出，而沒有輸入的時間；也沒有辦法跟朋友見面，就算見面也都是因爲工作等等原因。

之後的一年左右，我不做任何跟賣書有關的工作，然後把自己對於書本的想法做了一些整理。這段時間，因爲有賣書以外的工作我才撐得過去。我把書店的事業放在心底的某個角落，平常就寫文章或從事編輯。那個時期，我出了一本散文集叫《本業失格》[16]。但就在我遠離書店之後，朋友突然跟我說「松浦先生還是開書店最好」，我自己也開始思考「我到底想幹什麼」。當時的確煩惱了很久。接受各種人的邀請，做了各種事情，第一次知道這麼做會產生的風險，這個風險就是過於忙碌。

在那之前，我一直把勤奮工作當作目標，但經歷這一切之後，我第一次覺得過於忙碌沒有半點好處。另一方面，媒體也看不清我的本業，講成「中目黑系的那種隨意感很好」，但完全不是這麼回事。那種落差也讓我覺得不舒服，覺得不是自己的感覺。但是爲了生活不能不工作，工作總不能偷工減料。那時候覺得赤坂時期之後，我明明一直做得很開心，爲什麼現在會變得這麼痛苦。

15 薩姆．哈斯金（Sam Haskins），英國著名的設計師與攝影家。

16《本業失格》書名的意思是指對於自己從事的本業並不合格，但是作者在書裡闡述的精神是指你的本業不一定是你人生的一切，本業不成不代表無路可走，走出本業找出自己的專業也是另一種選擇。二〇〇〇年，blues Interactions, inc. 出版。

當時我真的有「下一個工作不見得要賣書」的念頭。本來就沒有打算一輩子都要賣書，包括寫文章也是，我開始覺得書店只是表現我自己的方式之一。而且對於賣書這件事情也讓我有種空虛感，就算是推薦給別人某本書很不錯，但那本書並不是我的東西，而是別人的作品，屬於某人的東西。現在想起來，我其實可以把選書當作是一種表現方法，但那時候我還是免不了覺得，反正只是在賣某人的作品而已，有點像是自暴自棄的感覺。所以為了取得平衡，我開始致力於寫作的工作。文章是從我的內在產生出來的東西，想到那是傳達給別人的、具有意義的語言，就拚命地寫。可能因為開始對「直接表現」感興趣了，另一方面也因為對開書店的興趣淡薄了。

我的行動書店

但是在某個機會下，我稍微脫離了當時的狀況，回想起過去的事情。思考哪個時期的自己最開心，想了想覺得是在紐約路邊賣書的時候；於是興起了如果可以像當時那樣，再賣一次書也好的念頭。回到最初，最初就是路邊！我想要回到路邊。但是如果又一樣是擺書賣的話，那便是沒有進步，同時心裡也想說，照自己的方式去做或許會很有趣。於是開始想像，如果用推車、腳踏車等車子去各種地方，應該滿有趣的。像這樣，腦海中浮游的想法愈來愈多，漸漸地「行動書店」的點子就成形了。如果是這樣的話，我就不用採取預約制度，要到哪裡開店都可以。以前只賣西洋書，這次不要只擺那些特別的外文書，也可以試試看賣本國的日文書。當然，所有的東西都是我看過的，這樣一來，就能展現出更多的自我。

從結束上一家店到準備好重新上路，大約花了一年的時間。從我開始有想法之後約四個月左右，經過改造的兩噸貨車的行動書店完工了。我從以前就是想到什麼就做什麼，稍微有點想法就馬上開始進行準備工作，這種衝勁也體現在這件事上，最明顯的例子就是，我沒有駕照（現在已經拿到了），最後我只好讓工作人員負責開車。雖然準備周全是一件好事，但是因爲也有一些事情，會在考慮的過程當中覺得不可行而放棄，所以我認為困難的事情還是一口氣快速地去執行會比較好。

我把行動書店的店名取作「m&company booksellers」，全名是「m&company traveling booksellers」。在我心裡，「traveling」這個字非常重要——我的「行動」書店。在那時候我寫的文章內容，也從書評變成了隨筆，所以寫作也讓我開始樂在其中，編輯的工作也是，未來目標終於確認下來。拜此所賜，心情上我變得比以前更平穩。

我想一定是因為我找到了一種屬於自己的原創方法，可以將書本介紹給大衆，但也可能是從「必須尋找稀有的書籍」，這個強迫的觀念當中解放出來有關吧。m&company traveling booksellers 可以脫離 m&co. 等於是流行視覺書的既定印象，是我覺得最棒的地方。因為可以用跟以前完全不同的風格來開店，對我而言也等於做到了眞正的再出發。另外也是因為我不喜歡用別人曾經用過的方法。開店本來就要花錢跟花時間，我不認為用普通的作法會成功，既然要做，就要用沒有人試過的方式來做。反過來說，如果我是第一個開始做行動書店的人，這同時也代表不管是誰都可以做類似的事情，跟在公寓裡賣書一樣。如果是利用卡車，可以移動到自己喜歡的地方，就算不租場地也可以。這點我希望讓年輕人，以及今後想開店的人了解，我不光是站在高處說，而是讓大家看到我眞正實踐之後，可以想出更多種方法。因爲我從年輕的時候起，就受到年紀大的人所影響，如果有比我年輕的世代，想要做跟我一樣的事情，我希望可以帶給他們一些靈感，讓他們看到一些新的選擇。行動書店現在還在繼續營運，我覺得能找到屬於自己的方式，眞的很棒。

我也定期去一些其他的城市。名古屋、大阪、京都……，全國各地不管哪裡都可以把書店帶去，眞是一件令人開心的事。因爲要去各城市之前會先在網站上公告，所以每次都有很多客人來光顧。東京的營業地點我選在惠比壽的美國公園，想說盡量找一個没有行人，不會造成阻礙的地方，因爲不想太醒目，也不想造成他人的困擾。還有，要離廁所近這點也很重要，畢竟是在戶外營業。像這樣評估了各種條件之後，我覺得美國公園這個地點是最好的。

行動書店上路之後，顧客的階層就有了很大的改變。中目黑時期幾乎都是熟客，現在則幾乎都是陌生人。店就開在公園旁邊，通常剛好路過的人都會停下來看看，真的很令人開心。這對我來說是理想的形式之一，覺得終於開了一間有自己風格的書店了。因爲是在戶外的關係，夏天跟冬天都很辛苦，但是其中的樂趣卻可以讓人忍受這一切。我自己喜歡書，對喜歡書的人來說，我覺得他們應該也希望有這樣的店吧——想順路過去看看的書店。開始運作行動書店之後，我感覺雖然我賣的是舊書，但是客人並沒有來買舊書的感覺，我賣出去的不是舊書，而是「書」。客人很自然地來看書，很自然地買書，這對我來說比什麼都高興。

當然，我不覺得行動書店是最完美的形式，我想還有其他種方式。如果有需要改善的地方，也必須想辦法改進。我覺得如何保持店本身的新鮮感，這點非常重要。不久之前我在千駄之谷的生活雜貨店「SAZABY」開了一年的店，爲了希望大家「感覺今天」，我開了一家叫「today shop」的店。那是用一張桌子就可以開的店，靠一些功夫就能產生一些有趣的事情，而我想提倡的一件事情，就是誰都可以開店。在 SAZABY 這樣的空間裡，存在著一間有獨立姿態的店，這件事本身就很有趣。像這樣的事，有部分原因正因爲我是一個人才做到。m&co. 不是一個組織，它等同於松浦彌太郎。如果還要放入行銷觀念，就沒有非我不可的理由了。先不管喜好問題，聽到別人說：「這件事情一定要松浦先生才行。」當然會覺得高興。

我的選擇其實也是很偏頗的，但是我想就是這個偏頗的地方有趣吧。因爲若不將自己的訊息用自己的方式表現出來，那就沒有意義了。不管寫作還是其他工作都一樣，對於不是自己也沒關係的事，對別人跟自己都會有罪惡感吧！就算是五%左右也好，至少要留下一點點自己做過的痕跡，這是最重要的。也唯有將此當作支撐自己的力量，才能繼續前進。如果別人討厭這樣的選擇或品味，那也沒辦法，我並不會因此就去做很普通的東西。

從以前我就不容易死心，很難放棄一件事情。因爲總覺得一定有什麼方法，或是一定可以解決，所以才會煩惱。心想如果放棄了，那就完了，如果不放棄的話，總有找到答案的時候。可能看不到的力量或是祈禱的能量很強吧，如果我不放棄，周遭自然就會出現一些貴人。雖然覺得都是自己一個人做出來的，但客觀來看，從頭到尾可以一個人獨自完成的東西並不多，一定是得到了某個人的幫忙，對於這樣的情況我總是抱持感謝。m&co. 也是，雖然等同於松浦彌太郎，但是也因爲周遭有許多支持我的人，我才有辦法做到目前這種地步，我一定不會忘記這件事情。對！所謂的「m&company」，也包含了「松浦彌太郎與他的伙伴們」的意思，它不是我一個人的，而是屬於所有相關友人的。

因爲這樣，不只是書店的工作，對於給我其他工作的人，我也必須思考自己可以回饋些什麼。不只是單方向的，我覺得必須一直是丟球、接球的狀態，才能夠形成什麼東西。

在此之前都是靠自己積累的東西才能走到今天這個地步，但是今後我不想再靠以前累積的經驗。我想結束光靠自己的品味去工作這件事，客觀來看，我想我只是個半調子的外行人，以前有很多事情是因爲品味、知識還有小聰明，才讓我完成了許多事，對一直做那行的人來說，我就像是突然插隊的人吧，不管是寫文章還是編輯都是。但是到了現今這個地步，已經無法再插隊了，今後對我而言將是決勝負的時期。因爲這樣，就更需要技術性的東西，希望今後可以加強磨練技能，多多將力氣投注在書店跟寫作上。

什麼是真正的自由

「自由」與「放任」

自由對我來說，是個很大的課題。

回顧到目前爲止的人生，「自由」也是用來支持自己的最佳藉口。從高中休學到美國去的那段時間，我過著隨興又邋遢的日子，把自由當成自我逃避的理由。那時候的我，對於被迫遵守學校或組織所制定的規則，有著非常強烈的抗拒感，但是，若要問我脫離了體制之後到底做了什麼，我也不過是過著邋遢的生活罷了，或許也做了些與衆不同的事，但總覺得那不過就是盡往輕鬆的道路走。也就是說，老是處在讓自己感到舒適的環境中。像是住進女生家裡白吃白喝、夜夜狂歡，在美國時還沉醉在藥物裡……，沒做過一樣正經事。相對的，也因爲有朋友因藥物或意外身亡而心生恐懼，覺得再這樣下去自己也會淪落相同下場。終於明白，原本是想從束縛中掙脫才到美國尋找希望，結果卻只讓自己受傷更深。是不是到了一個不被任何人束縛的地方之後，就眞的能夠得到自由？我想答案是否定的。茫然地追求自由所得到的結果，不過就只是自以爲是、任性的生活，在那裡擁有的不是充實感而是空虛感。在凡事自由、強迫他人接受自己作法的生活中，我看不到未來的希望。

從美國回來，開始在橫濱家裡賣書時，我突然省悟，必須重新整頓自己的生活才行。要獨自一人做下去，要實際體驗到自由，都需要過著正確的生活才行。並不是有什麼特別的契機使然，而是出自生理的本能反應。雖然我對於自己的體力、幹勁，以及擁有的知識都很有自信，但是光靠這些是無法再往前進。不管做什麼工作，都需要有獨創性，然而要從事有獨創性的工作，我想首先應該要過著規律而正確的生活。我親眼看到愈是創作出好作品的人，愈是過著規律的生活，這一點也促使我更想要這麼做。首先，我從每天早起、整理出今天該做的事、預定幾點前結束工作等自我管理開始。現在回想起來，都是一些理所當然的事情……。我也從中發現，什麼事都沒有發生、平穩的生活步調，其實是最幸福的。

那時候的我，不管做什麼事，都非常在乎「到底正不正確」。不但讀了很多自我啓發的書，還嘗試所謂的「葛吉夫」（Georgi Ivanovitch Gurdjieff, 1866-1949）修行——每天在同一個時間做相同的事情。我還滿容易受影響的（笑）。之後甚至還研究了史坦勒（Rudolf Steiner）的《人智學》（Anthroposophy）和佛陀的語錄。譬如說，正見、正思惟、正語、正念等八個正確的事情，好像稱爲「八正道」，這並不是指就道德而言什麼才是正確，而是說每個人追求事物根本的正確方法。因爲神是存在每個人的心中，所謂正確之道是從自己與自己的戰鬥當中學來的。以此作爲心靈寄託而努力下去，我相信一定能夠從「正確地生活」當中看見自由。

Second Birthday

一開始眞的很辛苦。即使在心中想著要「正確地生活」，卻沒有那麼簡單。剛好那時候有一個曾經住過美國的日本朋友，跟他聊的許多事情都對我有很大的啓示，和他之間的一些談話眞的給我非常大的幫助。我們常常聊到如何才能讓自己在精神上有所成長，我想可能是因爲彼此都處於探索心靈的時期吧。有一次，他建議我將出生至今的記憶全部回想一次。從記得的事情當中，追溯到最早的記憶開始，將曾經對自己做過什麼事情的人，不管根性惡劣的人還是親切的人，只要是有關係的人全都寫下來記在筆記本中。在眞正開始寫之前，我還覺得自己一路活過來沒有依靠過任何人，但事實絕對不是這樣。我發現實際上是拜很多人的出現所賜，才有今天的我。因爲我很早就脫離父母獨立，所以對父母沒有什麼依賴感；慢慢地我也開始對父母有了感恩的心情，對其他人也開始抱持感恩之心。一旦實際感受到自己並非獨自一人，就覺得眼前明亮許多。因爲這樣，我想我找到了今後必須珍惜的東西。還有，我開始對於正確的事物有了認識。一旦有什麼事，都會先問自己「這是正確的？還是不正確的？」當我跟那位朋友說：「感覺我好像已經知道什麼是正確的事情了。」他告訴我：「這就是所謂的 Second Birthday。」這下我才了解到，人的一生當中，有兩個生日，一個是自己誕生的日子，另一個是眞正理解自己的日子。

是否「正確」的指標，在於有沒有人會因此而難過，這是我再三思考後所得到的結論。對我來說，不去傷害我最珍惜的人，就是我所能做到的「正確」。在迎接Second Birthday之前，我從來沒想過這樣的事情，一旦知道是因爲有周圍這些人的支持，才會有我的存在之後，這樣的想法就油然而生了。然後會想要報恩，開始覺得好好地工作就是唯一的報恩方式，因爲這些人當中，有些是不會再見面的朋友，有些是之後不會再有直接關聯的人，但至少可以讓自己產生「我很努力喔，希望你也能繼續努力下去」的想法。我想讓大家看到我認眞努力的一面，以此當作報恩的方式。

從那之後，我反省著以前的生活，並且每天都拚命工作。以前的我，過著幾乎太過自由的生活，卻沒有從中獲得任何東西。當然，也不是說過著規律的生活就可以得到自由。在那段時間，我也曾經非常苦惱，但其實只是花了很長的時間，從自我中心的想法當中逃脫出來，如今變得能夠用更遠大的眼光來看待事物。

我所認爲的自由是指「與社會有所關聯下的自由」。而我也希望今後繼續將「與社會有所關聯下的自由」作爲我人生的大題目。跟社會無所關聯的話，工作起來已沒有意義。今後我希望可以做更多對社會有所貢獻的事情，如何以個人的角色，對現在的社會有正確的影響力，這是我所思考的自由。當然，在進行自己的工作時，有時候也會因爲跟社會的關聯，而感到些許不自由，但是如果能不就此放棄，不管什麼事情都秉持初衷，努力讓自己的意見成形，最終如果能夠獲得一個正確的成果，我想連帶地也將獲得眞正的自由吧。的確，我是曾經一度墮落的人，但我不想成爲一個社會的邊緣人。我希望抱持著身爲社會人的自覺，繼續仔細地檢視這世間，因爲既然我最大的目的是希望對社會有所貢獻，所以更必須仔細地觀察這個社會。

做任何事情，剛開始的時候，我們常會說「這是爲自己好」。雖然年輕的時候我也常對自己這樣說，但其實爲自己好並不是那麼重要；想要讓別人開心的時候，人就會努力。老實說是因爲想要被人稱讚、想要被肯定，所以才努力。如果說自己怎樣都不重要，就太誇張了，我相信一定是爲了誰而努力，而這努力的結果終將回報到自己身上。

旅行的自由，旅行的不自由

就算出去旅行，我也不會到處走動，即使是至今未曾去過的地方，通常也是一直待在飯店房間裡。若問我旅行的目的，其實是想要有安靜思考的時間。離開自己居住的地方，一個人獨處時才有辦法思考很多事情。如果說這就是我旅行的樂趣，似乎有點奇怪，但是旅行所能體驗的自由，對現在的我來說，就是這麼一回事。在東京的時候，就算有時間也沒辦法思考什麼事情；特別是現在有家人在身邊，一個人能夠獨處的時間眞的很少，所以更容易這麼覺得。藉由一個人獨處，去思考、感覺事物，回到自己原始的面貌，對我而言這就是旅行的趣味。

剛到美國的時候，因爲不安，也搞不清楚東西南北，但是我感到非常自由，一切都非常新鮮。那個感覺我到現在還無法忘懷，也覺得不可能再經歷那樣的解放感。直到現在，我之所以去旅行，都還是因爲想再次體驗這樣的感覺。當然，已經無法回到當時了，但是希望年紀增長後的自己還能保持初衷。所以藉著旅行，想再重新審視自己，或可以說是找回自己吧。不管旅行多少次，總會因爲語言等問題而感到不自由，到現在我依舊會從這些不自由當中重新認識自己。像這樣回到最初的自己，所感覺到的事情或思考的事情，就算不是直接，之後也會被間接地運用在自己的工作當中。

因爲採購書籍，我經常出國，就拿把在美國買來的書，在日本賣掉這件事來說，事實上是賠錢的。機票加上飯店的費用，就算再怎麼節省，去個一星期左右還是要花三十萬日圓。即使書本的價錢訂得再貴，也不可能超過原價的四倍，這麼一來，不是毫無利潤就是赤字虧損。如果買了大量的書籍，事情也許就不是這樣，但我的書店又不是那種大規模的店，也不是左手買進就可以右手賣出的模式，完全是不符合經濟效益的工作。比起這樣，透過網路查詢往來的書店庫存，然後向他們下訂單還比較有利潤。那爲什麼要專程跑到國外去？其實是希望邂逅自己所不知道的書。在網路上訂書都是看著書單選書，所以只能找到自己知識範圍內的書。但親臨當地的書店，就會發現還有很多我不知道的書。這些新奇又沒見過的書，不親自跑一趟是找不到的。即使是如此方便的時代，爲了邂逅自己所不知道的事物，還是得親自跑一趟才行。

以前只要發現「覺得不錯」的書，一定會當場買下來，現在則是發現了之後卻不買的情況比較多。這是我經營書店所學到的經驗。只要記得相關資料，首先把那家書店名和聯絡方式記下來，之後再下訂單即可。當然必須事先告知店裡面的人，之後會再打電話或是寄信來下訂。如果同時也告訴店家，自己喜歡什麼樣的書，或是在找什麼樣的書，他們也比較會記住你的長相。只要他們記得你的長相，之後不管是用信件還是電話連絡，都能夠馬上認出你，接下來的溝通也會順暢許多。這樣一來，花在一家書店的時間就會縮短，然後有更多時間可以逛更多的書店。以前是一看到就買下來，結果落得必須自己帶回國，還得自己打包寄送，很麻煩。現在的做法則有了較多的彈性與空間，也許是稍微成熟了點吧（笑）。

不管怎麼樣，對我來說，到國外找書跟所謂的「進貨」意思是不同的。是爲了找回自己的初心，或塡補自己失去的那部分，希望藉著與書本的邂逅、與人的溝通、感受各種事物而去。

這樣的經驗當然也會被活用在書店的工作，也可以寫在文章或者運用在創作中。總之，我就是打從心底喜歡「找東西」。

行動書店之旅

利用行動書店到各個地方，對我來說也是一種旅行。

坐新幹線或飛機就會失去到目的地的距離感，但是以卡車移動，就可以實際感受到旅行的路程。眞實地感受距離感，可說是旅行的醍醐味，也可以說是一種樂趣，而且光是在旅途中，就會發生很多很有趣的事情。

當然，在目的地也會發現一些樂趣。自己所開的店，自己所呈現出來的東西，可以這樣原封不動的帶著走，眞的很有趣。連我自己都覺得這是很劃時代的創新之舉。我想對客人來說，在東京的東西可以原封不動的來到自己的家鄉，他們也覺得開心吧。對於可以共享這樣的趣味及樂趣而感到喜悅。其中甚至還有人，光是看到卡車開過，就覺得感動了。感覺到卡車眞的來了，那種行動的感覺，讓他們覺得很棒（笑）。雖然這並非我當初設定的目標，但是行動書店這方式，確實滿足了經營者與消費雙方的需求。我並沒有在行動書店放什麼特別的書，雖然偶爾也有，但通常都只有普通的書，最近，客人之間似乎也愈來愈不在乎是否有放珍貴稀奇的書了，我也沒有打算光收一些狂熱者才看的書來維持生意。要販賣特別的書，就像以往一樣，直接推銷給那些非常喜歡這種書的人就好了。行動書店裡面要放一些跟其他書店不同的書，成爲讓客人和那本書相遇的地方，才是我的理想。

每個月去一次，每次大概都會有兩百人來光臨。每當想到會有什麼樣的客人來，我的心情總是七上八下。大家原本的目的都是來看書，但在這裡聚集之後，人際關係似乎也拓展開來了，這讓我覺得很開心。因爲行動書店的關係，讓平常没機會見面的客人可以相遇。想到可以讓喜歡相同事物的人有機會聚在一起，我就非常開心了。覺得自己似乎有派上用場，對別人有所助益，就更想加把勁。雖然持續經營下去不是一件容易的事情，但是不努力不行。

也有一些人想幫我的忙，但是我光自己的事情就快忙不過來了，更別說要去照顧別人。雖然有人願意幫忙是件令人高興的事，而且我做的事情也許還能讓他學到些什麼，但是我現在還沒有這樣的餘裕可以帶人。也許有人覺得，不要直接教、讓他看著學就好，但老實說，我不太喜歡這種想法。雖不至於說成是師徒關係那樣誇張，但如果彼此之間有教學與受教的關係，我希望等到我真的有自信可以教好人之後再說。目前這個階段，在我還不具備領導人的自信之前，只要以客人的身分來光臨，了解有行動書店這樣的作法就夠了。

希望有朝一日可以成為m&Company的客人

說起「要開始一件事」，這事本身其實意外地簡單。我是用兩噸的卡車做行動書店，但其實用小貨車也可以辦到。我希望大家知道，每個月去某個地方一次、創造讓大家聚集的場所，這樣的事情其實每個人都可以做到；我也希望看到下一世代的人，會再想出不同的創新方式。不管是二手衣店或是中古唱片行，只要是自己想做的事，都希望大家嘗試看看。在自己喜歡的時候去自己喜歡的地方，即使是擺路邊攤，也一定會有人支持的。

其實我所做的事都是以弱者的角度來發想。但，不只是我，我想這世界上大部分的人都是弱者，現今世界的架構，也許都是對強者較爲有利。儘管我沒有顯赫學歷，但我也希望可以與世間產生關聯。我告訴自己，如果今後我擁有了更大的權力、更高的地位，也不能忘記這種樣的初衷。雖然這個世界充斥著一定要變強，或是努力讓自己地位提升至更高的想法，我卻期許自己要去思考，弱者怎麼樣才能得到幸福，並以此爲出發點開始行動。就算一無所有，還是可以啓動的，不要受世間既定的常識所束縛，從自己可以做到的事情開始。我希望我所做的事情，可以讓大家領悟這個道理。

二手書的領域，以往都被認爲是專家的世界，但我有自信已經將其中的樂趣傳達給年輕人了。我一個人能做的事情雖然有限，像是告訴他們：逛出神保町趣味的方法、圖像書裡有很棒的東西、用找雜貨的感覺來找書、把繪本或美術書當擺飾、在唱片行賣舊書等等的趨勢，這些其實都已經生根了。我也覺得二手書的世界漸漸起了變化，現在去二手書市，也可以看到很多年輕人了。

也許，m&company與其說是店名，不如說是一種方式。指的是在二手書這個領域裡，找到可愛的繪本、好看的美術書籍等，不是推銷給熱衷二手書的中年大叔們，而是以年輕的男女、對流行敏感的人爲對象，去選擇商品的方式。所以年輕人也可以模仿，如果有越來越多年輕人，可以用像開二手衣店、二手唱片行一樣的感覺來開二手書店，我會覺得很開心。我相信有很多年輕人可以挑到比我所選的還要好的書，我希望看到他們用自己的品味，選出具有個人獨特色彩的書。因爲我自己開書店，沒辦法成爲自己店裡的客人，如果這樣的人越來越多，我也想當他們的客人。如果能夠成爲別人經營的m&company 的顧客，那一定很有趣。自己所開始的事情，能用好的形式影響年輕人，並且藉由他們傳承下去，對我來說，將是自己一路努力工作的最大獎賞。回想起來，我自己也是這樣，譬如植草甚一[17]先生所寫的東西，也變成了我身體的一部分。

談到現階段的 m&company，我希望維持在自己可以掌控的範圍，並沒有打算讓它擴大。也許增加些人手，讓它成爲一個組織會比較好，但那並不是我的目標。今後會怎麼樣沒人知道，一段時間之後也許會變成另一種狀態，但以目前的能力來考量，m&company 還只是「松浦彌太郎商店」，所以，我也盡量努力待在自己的店裡。如果眞的把店擴大、組織化，我可能就不必待在店裡，但 m&company 肯定會變成「指導手册化」，會讓客人覺得不管是誰站在店裡都一樣，這才是最讓我感到害怕的。所以現階段我希望盡量維持小規模經營，如果可以的話，也希望照這個方式一直繼續下去。當然內容如果一直比照現在就不有趣了，必須繼續摸索提高書店品質的方法。

新開的書店「COW BOOKS」也是，我不希望客人來的時候，我和GENERAL RESERCH的小林節正[18]先生都不在，更不希望讓客人覺得「松浦先生或小林先生怎麼可能在店裡」。雖然要兩個人都一直在店裡有困難，但至少其中一個人在也好。這也許是一件理所當然的事情，既然是理所當然，就希望把它做好。想跟客人溝通、想讓客人樂在其中。當然，就算我們在店裡，客人也不會因此而稱讚我們（笑），只是我想親自用眼睛來觀察體會，什麼樣的客人會來到我們店裡、什麼樣的人在支持我們。我也會因為跟人相遇而得到一些力量，期待能夠創造出一種非單向，而是許多一對一雙向交流的關係。

17 植草甚一為日本已故知名作家，生於一九〇八年，著有電影評論和偵探小說，曾是不少日本年輕人的偶像。

18 小林節正曾任Zipper、Mizuro等鞋履品牌的設計師，後來成立個人鞋履品牌SEtt，之後再創立GENERAL RESEARCH，是把中目黑變成時裝流行指標的人物之一。二〇〇二年與松浦彌太郎共同成立COW BOOKS書店。

從一家小店誕生某種東西——這也是一種期望。就像龐克文化從一家小店誕生[19]一樣，我也擁有同樣的夢想。儘管最後會產生什麼樣的結果，是我無法掌控的，但是我認爲從產出的東西再衍生出另外一個東西，這樣的環境是可以創造的。最初開店的時候，我就立下一個目標，希望這家店，可以成爲一家經過十年依舊在人們的心中留下些什麼的店。「以前有過這麼一家店喔！」這樣就夠了，只要像這樣留在人們的心裡，我就能感受到開創這件事情的意義了。如果再有人因爲看到我所做的事情，而覺得「竟然有這樣自由的經營方式」，也開始了什麼新的事物，那我會更開心。希望靠這樣的方式來延續下去，沒有必要全部都是我自己的原創，而且這也是不可能的事情。我現在所從事的工作，也是在向那些帶給我深切影響的人，表達謝意和敬意。

「開始」與「結束」

剛開始 m&company 的時候，爲了與社會有所連結，我決定做一些公益活動。既然是從事跟書有關的工作，就想用與書有關的事情回饋社會，因此，我開始收集繪本或童書捐贈給兒童福利機構，現在也還一點一點地持續進行。一開始，我跟兒童福利機構表達我的想法時，他們首先告訴我的是，「就算數量很少也沒關係，希望您可以持續地捐贈。」

在兒童福利機構的小朋友們，大部分都是因爲大人一些自私的理由才進來的。即使以公益角度來捐書，對小朋友來說，那是「大人有他們自己的目的」，並不會感受到與他們的相關性；如果大人隨便中斷捐書，小朋友就會覺得「果然大人都是不能相信的！」聽了兒童福利機構的說明，我覺得非常有道理。之前我也說過，要開始一件事情是非常簡單的，一樣的，要結束一件事情也很簡單，但是有時候卻會因此而傷害到相關的人。

19 一九七一年，「In the Back of Paradise Garage」服飾店在倫敦開幕，店主 Malcolm McLaren 的理念是要販售反社會、反傳統的搖滾態度，這間店爾後數度更名，一九七四年定名爲「Sex」。McLaren 找來幾名常來店內光顧的失業青年跟店員合組樂團「Sex Pistols」，爲龐克音樂的代表樂團之一。McLaren 與其女友，亦即日後被尊稱爲「龐克教母」的設計師 Vivienne Westwood，亦被視爲英國龐克運動的推手。

所以，捐書給小孩這件事情，我就在不勉強的形式下繼續進行著。關於行動書店也是，先不論客人怎麼想，我希望一直經營下去。剛開始，因爲實現了許多想法，當然是非常有趣，但如果因爲覺得不再有趣，而變得辛苦，就輕易結束的話，對客人來說是非常不負責任的作法。雖然這麼說，但光是因爲責任感而繼續下去也很奇怪，持續本身竟變成目的也很奇怪。我從捐書給小朋友這件事情了解到，就算變成每半年才去一次其他城鎮，或者規模變小，我也要持續下去。或許有一天眞的沒辦法繼續下去，那也沒辦法，但我要盡力做到自己能做的。

當然，誠實面對自己、抱持堅強的意志持續下去，是需要相當程度的努力。比起經濟層面的理由，心理層面的問題應該更大吧。最終，最重要的是，了解到自身可以努力到什麼程度，反過來說，如果好好珍惜這種想要持續經營下去的理念，個人的經營狀況應該還是可以持續下去。如果是在公司或組織裡，可能就沒有辦法這樣堅持了。自己經營沒辦法怪罪於別人或逃避，但至少可以誠實面對自己且持續下去。也許這就是所謂的「自由」吧。

關於寫作與編輯

「BOOK BLESS YOU」

截至目前為止，我所做過的工作中沒有一個讓我覺得滿意，也許也沒有一個稱得上是我的自信之作。雖然做的時候都是拚了命地去做，但只要一結束，往往都是在反省「早知道就那樣做」、「早知道就這樣做」，並且將這些反省活用到下一個工作上，這樣地循環著。

使盡全力工作是理所當然的，所以盡全力並不值得稱讚，畢竟有沒有盡了全力，都是自己的感覺，跟客戶或一起共事的人是不相干的。因為是工作，當然會要求成果，當一個工作結束之後，必須冷靜地檢視完成的作品。雖然再次回想已經結束的工作，並不是一件愉快的事情，但是如果不好好反省好與不好的地方，很可能在下一次的工作中又犯了相同的錯誤。由於我是個自由工作者，所以總是抱持著：這次失敗就沒有下一次機會的意識在工作。即使這麼想，還是會有做不好的時候，這就是工作有趣的地方，也是辛苦的地方。

說到有關寫作的工作，最早的一篇連載文章是發表於流行時尚雜誌《GINZA》[20]中的「BOOK BLESS YOU」專欄。這個專欄現在還持續著，已經寫到第六十回了，剛好五年左右。在專欄裡頭，每一回都要介紹一本書，雖然是在寫我最拿手的、享受書本樂趣的方式，但我還是非常緊張。剛開始，會擔心負責的編輯會如何評斷我寫的稿子、擔心對方會告訴我「這連載就寫到下一回吧」，總而言之我就是非常緊張。之後增加的一些書評工作，基本上我都希望能介紹自己覺得不錯的書，所以到處去書店找可以推薦的書。有時候會在一家書店花好幾個鐘頭晃來晃去，大家一定覺得我是個可疑人物吧（笑），我常常這邊走過來、那邊走過去，站在店裡各角落看書。每一次我都會仔細閱讀令我印象深刻的書，然後將這本書帶給我的感受，以及我腦海裡浮現的畫面眞實地記錄下來。

但，還是會遇到怎麼樣都寫不出來的時候。不見得所有的書都能引發我的情感。雖

20《GINZA》雜誌創刊於一九九七年，以「打造全新粉領族」爲主旨。

然還不至於想放棄，但也有厭倦的時候，在必須將自己的情緒寫成文章時，即使有題材可寫，但是對題材沒有感情也寫不出來。因爲內容精采又好看，所以想要推薦這本書，但是光只有「好看」是沒辦法寫出任何東西的。每次思考要怎麼下筆時，對我來說都是一場苦戰。

即使如此，還能夠持續寫這麼久，都是因爲負責的編輯提升了我寫文章的意願。我一直有種感覺，不是只有我在寫，而是和對方一路合作寫過來的。以「BOOK BLESS YOU」來說，連載五年當中換了三位負責的編輯，每個人都很不錯，而且很能引導我。他們都不透過電話跟電子郵件與我討論原稿，而是直接見面討論，所以經常能聽到他們閱讀上一篇的感想，這也成爲對我的一種鼓勵。我只要一被稱讚就會充滿幹勁。如果要拿書，他們大可請助手過來拿就好，但他們還是會親自跑一趟，感情維持得很好。另外，知名的探險作家椎名誠先生曾在專欄寫過「專欄不能每次都寫得很有趣」，我讀了這篇文章後感覺輕鬆了一點。文章裡寫說，三次中只要寫得出一次精彩的就行了，不用要求做到每次都好看。當然，也不能因此就偷懶啦（笑）。

就這樣連續寫了五年，「BOOK BLESS YOU」對我來說是非常重要的專欄。寫東西對我而言是一個永恆持續的主題，或者該說是我想要長期鑽研的東西。我不知道讀者讀起來覺得怎樣，但我自己就是覺得不管怎麼寫，都沒辦法寫得好。也因爲這樣，所以永遠感覺新鮮。有人願意提供機會讓我寫，眞的相當令人感激。因爲如果沒有可以發表的地方，光是爲了自己而寫，是很難持續下去的，還是需要有想傳達自己想法的對象，才有辦法寫下去。

坪田讓治與壺井榮

寫文章的時候，我總是以坪田讓治與壺井榮爲範本。坪田讓治是承繼日本民間故事的作者，他經常到各個地方，聽老人講述當地流傳的故事，然後再用自己的話寫下來，並以此爲職志，立志做一名民俗學家。壺井榮是坪田讓治的徒弟，她原本是個普通的家庭主婦，有一天突然想開始寫文章，於是跑去找坪田讓治拜師。

坪田讓治雖然也寫一些散文，但是他主要的作品還是以童話爲主，他常常寫一些短篇故事，就像日本版的伊索寓言一樣。壺井榮的代表作品是《二十四之瞳》（《二十四の瞳》），她也寫隨筆，將生活中感受到的各種事情，如生活雜記般地寫下來。我很喜歡她寫的這些東西。人只要活著，就會遇到各種事情，不管是誰都會遇到好事和壞事，有美麗也有醜陋之處。壺井榮接納了所有的一切，仔細審視，然後寫成文章。

一般人在寫散文的時候，常常會因爲自己的價值觀而變得有點偏頗。但壺井榮的文章不一樣，她的散文大部分是描寫一些生活中的摩擦、男女關係等等，雖然是以人類最脆弱的一面爲主題，但是文章卻有一種清新，或者應該說是清潔感，這就是最令我憧憬的地方。我也認爲文章需要有清潔感。或許確實有一種方法，可以根據自己想寫的主題故意寫得很粗糙，但像她這樣不管看待什麼事物，都能用相同的眼光來描述，我認爲是相當了不起的。我指的並不是冷淡的眼光，我也希望自己能夠盡量用平常心來看待所有事物。當我要將這些想法寫下來傳達給讀者時，也希望選擇一些帶有清潔感的辭彙來寫。

寫出我想說的話

現在的我，對於寫文章這件事，好像也還沒資格告訴人家要怎麼寫，對於立志寫作的人，我唯一能說的是，文章寫得好與不好其實沒什麼關係，文章內容必須講究事實，以及能給人簡潔的印象才是比較重要的。有個很有名的作家，名字我已經忘了，他曾經說過一句話，意思大概是「文章不可以寫得太好」。這句話的意思好像是說，對寫作的人而言，追求文章的優美是一件無趣的事情。真正厲害的人，都會用自己的方法去破壞拆解……，大概就是這個意思吧。就像教科書裡寫的，所謂的優美的文章，只要學會照著文法寫，誰都能寫。但是，如何解構文法，將最精髓的部分寫出來才是最重要的。

所以我覺得那句話很有道理。我也經常思考著，寫出好文章的訣竅是什麼？我的結論是，就當作是在跟人家講話一樣地寫出來就好了。就像是把昨天發生的事情告訴爸媽、小孩、戀人或朋友一樣地寫出來就好了。當然像三島由紀夫那種具有文學造詣的文章又另當別論了。但是在我所涉獵的範圍內，我想目前用這樣的感覺來寫，才能寫出有趣的內容。畢竟表達能力不是馬上就能學得來，但我想可以從模仿自己喜愛的作家的文章開始。先閱讀各種書籍、去學習，再將累積的東西慢慢地轉變成自己的就好了。

我並不會因爲要寫文章而去閱讀什麼書，只有在爲了享受閱讀的樂趣時才讀。因爲我很容易受影響，如果是爲了寫文章參考而讀，寫出來的可能就會是一樣的內容了。就像讀了內田百閒[21]而受影響，自己的稿子也會變成內田百閒。從以前到現在，我的吸收力與記憶力就比一般人來得快些，這卻變成了一種反效果，所以就算我讀到不錯的表現方法，我也不會做筆記抄下來。本來打算隨意記起來，結果最後還是會忘記（笑）。不過我覺得，這樣看書才能把覺得不錯的表現方式，自然地運用在自己的文章裡面。

下筆的前兩天

我寫作大多以所想所感爲主，但這種描寫內心情緒的寫作很辛苦，常常想不出來要寫什麼。比方說我會在截稿前兩天左右，開始做心理準備，因爲就算突然想到，也絕對沒有辦法下筆。我刻意將自己的感覺移轉到書寫這件事上，等到心底響起「好！來寫吧！」才動筆。如果坐到書桌前，思緒正瀕臨顛峰的話，那是最理想不過了。所以在這段期間，我不太與人見面，因爲情緒一有波動可能就寫不出來了。我盡量不和人見面，也盡量減少不必要的外出，讓自己慢慢進入寫作的世界。二十四小時都在思索接下來要寫的東西，連睡覺的時候也是。但並不是坐著不斷地思考，而是邊思考邊過日子，有點類似戀愛時，老想著某個人的感覺。有時候也會去散散步、到街上走走，轉換心情，就好像是讓自己想寫的東西在腦中發酵一樣。直到坐在書桌前，腦中已經充滿各種想法、

21 內田百閒（一八八九～一九七一年），明治至昭和時期小說家、隨筆家，別號百鬼園，爲日本怪談文學催生者。

到達不寫不行的狀態，才動手寫下來。能達到這樣的狀態是最理想不過了，但並非總是這麼順利。有時會在中途遇到討厭的、或讓自己分心的事情，這樣一來就只好重新調整情緒，再來一遍了。

一直持續不斷地思考，某個時候腦中便會浮現字句或景象，只要不放棄，一定會有字句出現，所以我總是讓腦子動個不停。剛開始時，腦中會不斷地盤旋著「要寫什麼好？寫什麼好呢？」想著想著，彷彿打開了記憶的抽屜，就從中找到「要寫的東西」了。

與編輯的溝通

如果是寫日記，那寫什麼都無所謂，但是爲了工作而寫，我有時候就會根據四季變化，或觀察社會現象來決定寫的內容。決定主題是非常重要的事，能夠將自己發揮到什麼程度，全都受到主題所影響。再來就是必須考慮文章是刊登在哪種類型的雜誌上，以及各家媒體的特色。文章的內容是否適合該媒體？選擇該雜誌讀者群喜歡的題目也很重要。嗯，不過如果太過「合身」也不免索然無味，所以我總是重複著忽近忽遠的內容。以連載專欄爲例，就是「上次的題目很貼近大家的生活，這次寫點不是那麼切身的東西好了！」像這樣，取得一種讀者跟自己都不會厭倦的平衡。偶爾聽到別人稱讚說「那篇文章寫得很好」，就會很高興。一想到有人記得我寫的內容，再想想至今寫了多少篇文章，就會提醒自己要更加謹慎，這也成爲激勵自己的力量。

讀者的反應的確很令人在意，但我幾乎没收到過讀者寄來的感想。這樣還能讓我不感到不安而繼續寫作，就要看編輯的手腕了。從這個角度來說，電子郵件過於便利，我的感覺不是很好。編輯發 E-mail 邀稿、我用 E-mail 回稿，然後下個月再來一次……。如果只靠這種方式往來，我會漸漸感受不到自己是被需要的，就没辦法繼續寫下去。我也是人，希望受人稱讚，希望自己寫的文章是有意義的。雖然一定有許多人在看我的文章，但如果說我是爲了責任編輯在寫也不誇張，因爲責任編輯是第一個閱讀文章的讀者，也是直接告訴我感想的人。就和沒辦法寫信給看不見的對象是一樣的。但寫稿前的討論也是必要的，雖然麻煩、雖然每次都討論一樣的話題——編輯告訴我，希望我下次寫什麼，我告訴編輯下次想寫些什麼——但是面對面談話後所訂下的寫作方向是最理想的。最讓我感到痛苦的是聽到編輯說：「什麼都好，寫你自己喜歡的。」因爲我希望編輯可以讀我的文章、給我意見，並指出需要修改的地方。因爲是以自由作家的身分接受邀稿，內心其實充滿著不安，如果什麼都要自己決定的話，會變得很痛苦。凡事都可以隨心所欲地去做，並不是值得高興的自由。當然，我也有自覺，寫文章的人是我，最終責任是在我身上。

從以前到現在學到的「寫作祕訣」

要保持固定寫作的心情，還是得仰賴正常規律的生活，絕對只有規律地生活才能辦得到。要有充足的睡眠、美味的食物和適度的玩樂。每個人都有自己的節奏，並不是說你一定得每天都早睡，但規律地生活是必要的。要先能維持良好的身體狀態，才能掌握精神狀況。

再者，我無法只爲自己寫文章，一定要有個對象才行。雖然我不會告訴那個人，也不會告訴其他人，但一定會在心中想著這篇文章是寫給他的。這樣做除了比較容易投入感情之外，也才會產生書寫的必要性，或者說是書寫的意義。對我來說，寫作的目的在於表達感謝的心，雖然不是直接的表達，卻像是要回報給那些帶給我力量的人。我之前提過，有點像是戀愛的感覺（笑），但是不這麼想就寫不出來。因爲寫的是自己的心底話，如果是連載，就好像每個月給某人寫情書一樣，也因爲是情書，沒有對象就沒辦法寫不是嗎？所以我每次寫作之前都會決定這次要寫給誰。

接下來要跟大家分享的是，我寫作至今收穫的心得，那就是一篇文章我只寫一個主題。即使對於一件事，有想到幾個事情想傳達，我也不會將它們全部寫出來。對於想傳達的事情不能貪心，一次只能表達一項主題。比方說，「蘋果很好吃」這個主題，就算想到「蘋果和橘子都很好吃」，也只能寫「蘋果很好吃」。這樣做，比較能完整地表達自己的情緒。我以前會想要塞入很多主題，結果文章落得支離破碎。寫長篇文章也是如此，將自己的感覺集中在一個主題上，才能明確地寫出想寫的事情。

然後，盡量不要花太多時間寫作，花太多時間是不行的。我寫的稿子大多是一次花一個小時、寫一千二百字左右。所以，在那之前的情緒醞釀就很重要。如果想要寫好，可能會花更多時間，但我總是抱著寫差也沒關係的心情在寫。如果花太多時間在寫字上，刻意花時間醞釀感覺，反而沒辦法寫出眞正想寫的。一口氣寫完之後，先離開那個情境。出去散散步，或者放個一天，之後再讀一次看看，一點一點地修改，然後就完稿了。像我的情況，我一個月沒辦法寫幾十篇稿子，因爲我寫的是自己的心裡話，爲了寫一篇文章，必須花好幾天集中精神。這種狀態若是一直持續下去，遲早會覺得自己快要精神分裂了。如果眞因爲這樣生病了，那還眞的得不償失，最後甚至不知道自己是爲了什麼而寫。有些人寫作可以量產，但我如果沒有限制寫作的數量，可能無法持續下去。

對「寫自己」有所覺悟

以獨白的方式寫自己曾經發生過的事，或是事件當時的心情，有時也會感到痛苦。因爲已經過去的事情，對現在的自己來說只是一個點，卻因爲寫作的關係必須回到當時，有時寫完後還會陷入一段低落的情緒中。爲了喚起已經封存的回憶，情緒也會轉爲當時的心情。持續不斷地寫自己的內心世界是很辛苦的。當然，也看到有些人是乾脆豁出去地寫，或是當作小說般來寫，但我想，那是我下一個階段才要採用的方式。某些層面來說，我現在其實是在試探自己對公開寫出隱藏在心中的祕密這件事，可以忍受到何種程度。也就是說，我想我的文章可能傷害到周遭的人，對於這樣的狀況，我想試試看自己能夠處理到何種程度。

有時我會揣想，家人讀了我的文章不知道會怎麼想。平常我在家裡是個平凡的父親，但寫作時就會剔除家人等因素，變成一個男人。在文章裡頭，也有著我的家人所不知道的回憶。從另一面來看，如果有人持續閱讀我的作品，也許會比我的家人更了解我。

既然我選擇成爲一位表現者，就必須覺悟這一點。就算一開始沒有計畫，寫著寫著，也會不得不寫到親人所不知道的事情。每次雜誌出刊時我總是很緊張，不知道父母或家人看了會怎麼想，有時甚至會希望下一期趕快出刊。當然，也不能光只爲考量家人而寫。如果只考慮到自己，或許可以塑造出品格清高的形象，但人的行爲、情緒都是無法預測的，也會犯下許多錯誤，這才是人類之所以美麗的地方，一種不論錯誤或迷惘，全部涵蓋在內的美麗。如果自己的目光是朝向那一方，那我也不得不將它寫出來，只要那裡有「眞實」存在我就會寫出來。留在記憶裡的，一定有値得懷念的東西，就因爲發生過那樣的事情才有今天的自己。因此我以寫作來表達對那些事物的感謝之意。

編輯首要「簡潔易懂」

「編輯」就是將某個資訊彙整成一個訊息，以讓人容易了解的形式來表達的工作。

我之前從事過許多型錄或雜誌的編輯相關工作，因此覺得每種職業都需要具備編輯能力。寫作也是如此，將記憶和感情整理之後表現出來，從這層意義來看，這就是編輯。不同的是，編輯作業是邊想像著完成圖，邊朝著目標前進，所以必須盡量以俯瞰的角度來觀察；但寫作卻是從無到有，將想表達的想法轉成易於了解的形式傳達出去。不管是複雜或艱澀，都轉成以簡單的形式來傳達是很重要的。盡量簡單、確實地傳達，這件事情在創作上非常重要。

即使有許多人參與，到最後階段還是得透過編輯者的濾鏡才能成形。我覺得編輯的工作很有趣，最有趣的莫過於可以接觸第一手消息。閱讀刊登在雜誌裡的報導，不管多新，都已經是第二手，甚至第三手的消息。就連我的稿子，編輯也是第一個讀者。編輯這項職務就是有這種樂趣。

我擔任編輯時最注意的就是，如何將自己情緒最高昂的那個狀態原封不動地具體化，這是最需要集中精神的地方。雖說對編輯來說，最重要的是素材，但素材總是有限，想要更多也得不到。如何善用身邊的素材並把它作成好東西才是最重要的。編輯和烹飪其實很類似，活用素材、不過度調味。有好素材是再好不過了，如果沒有，也有相應的作法。素材好的時候，沒有必要多做手腳。所以對編輯來說最重要的還是題材，如何蒐集到好題材是成敗的關鍵。

編輯對我來說，有很強烈的「工作」感受，主要是因爲，我是以工作者的立場投入其中。而寫文章，與其說是工作不如說是一種表現自己的功課，因此商業性質比較沒那麼重。在擔任編輯的時候，我會先提出點子爲客戶做簡報，客戶同意後，它才變成一份工作，投入的方式與寫作不同。因爲是跟其他人合作執行，比起如何突顯自己，說服客戶、解決問題、讓工作有效率地進行等技巧才是最重要的。既然自己參與其中，就希望案子能夠成功，如果是雜誌，就希望雜誌可以賣好一點。爲了回報客戶的期待，自己也傾全力投入。關於編輯的技術，我目前還在學習當中，至少希望可以投注「愛情」，盡力做出好東西。話說回來，用「愛情」來回報，客戶應該也會很困擾吧（笑）。

我第一個擔任編輯的工作，是大約五年前 Laforet 公司發行的免費刊物。在那之前，我沒有從事過編輯工作，也沒有學過相關課程，突然接到邀約我也嚇了一跳。我到現在還不清楚，那時候爲什麼會有這個邀約。總之就是一年要做四本免費刊物。在那之前，因爲我也看了很多雜誌，所以理想很高，卻不知道要如何將它具體化，我記得當時非常辛苦。一開始並不知道該如何蒐集素材，連攝影、外景都是邊摸索邊學習。回想起來，那樣的工作狀態還有這麼多人願意幫忙眞是難得，拜他們所賜才能做出好東西。回頭審視過去，還眞是讓我賺到了一份奢侈的工作。之後又接到流行品牌的型錄製作，製作過包括「IENA」、「EDIFICE」、「Rouge vif」等流行品牌的季節型錄。現在的狀況依舊是每次都用盡全力，但每次都無法滿意，至今我仍抱持著邊工作邊學習的心態在工作著。

「用心」與「投入的態度」

所謂創意，簡單的說就是「用心」。即使是簡單的工作，想要最有效率、最漂亮、最愉快地完成，最重要的還是用心。不用心就沒辦法提升事物的品質，而且世界上最快樂的事莫過於用心了。唯有追求用心才是有創意的態度。只要用心就會有新發現，而新發現會讓你找到屬於自己的獨創性。

此外，「投入的方式」也很重要。即使你的工作在一般人眼中看來極具創意，但如果是抱持著被逼著做的態度而爲，那就不是創意了。一邊尋找讓自己樂在其中最好的方式，一邊保持主動投入事物的態度，才是創意的根本。所謂的「表現」，是看投入後的結果。創意本身並沒有特別的技術或特別的訣竅，只要秉持「用心」與「投入的態度」，不管是寫文章還是製作影像、設計或繪畫，任何事都能辦到。先不論別人是否認同，至少可能性是無限的。

工作分配的奧妙與人際關係的難處

編輯工作中最有趣的部分就是工作分配的奧妙。我喜歡採用和大家預期的不同組合，起用令人意想不到的人或是分配素材。在我心底，無形中有著一些人、東西或地點的清單，我一直在等待傳達的機會。和活躍在各個領域、才華洋溢的人以美好的形式相遇並且一起工作，維持這樣的關係眞是上天賜給我的寶物。我一旦覺得某人很棒，就會很執拗地一直掛念著。不是有種說法，只要強烈地想著某件事，就能將心意傳達給對方嗎？這應該就是念力吧。想著那個人能幫我做些什麼、能做什麼樣的事，眞是一件有趣的事。

實際進入工作的階段，照顧好創意人，讓他有個容易發揮才華的環境也很重要。因爲創作者和客戶直接往來，不便的地方很多，所以我必須介入其中，聽取雙方的意見，將它導向能夠順利進行的方向。通常這也是最辛苦的地方。自己要站在什麼樣的位置才好，要怎樣才能扮演好自己的角色，整體的工作氣氛往往都依此而定。花兩個月左右的時間做一件事，總是會產生各式各樣的問題。我認爲處理並解決問題，也是我工作的項目之一，並不會因此而動搖。而且有時候藉由解決問題，反而使人際關係更加緊密，所以更理所當然地接受這些難題。但我並非跟什麼樣的人都可以一起工作，畢竟還是有合得來和合不來的人，跟合不來的人一起工作是很困難的。跟客戶合不合自己無法選擇，這是沒辦法的事，但和一起工作的創意人是否合得來就很重要了。

當我從事創作時，就算會和自己競爭，也盡量做到不與他人競爭。因爲我非常討厭人與人之間的角力，如果遇到非戰不可的狀況，我一定會退讓。因爲我覺得，即使戰勝了，可以得到的東西也是很少的。爭逐只會傷害彼此，我相信是毫無意義的。我不想爲了主張自己的想法而去反抗社會。如果有人比我更想做某個工作，由他來做一定比較好。我不喜歡以力量區分高下，如果這樣，我寧願讓一百步。反正不過就是百步，如果是百步，我隨時都可以讓，就算領先我一百步，我還是看得到對方，所以沒有太大的差別。

年輕時莽撞的和許多人競爭過，結果贏了也只是覺得空虛而已，不管是我還是對方。戰爭不也是如此？不管贏還是輸，得到的東西並沒有太大的差別。我不希望投入工作到必須犧牲到弄得渾身是傷的地步。

如果問，那爲什麼我還是在工作呢？最終還是爲了自己能夠從中獲得成長。即使眼前出現極大的阻礙，我仍要藉著不斷挑戰，累積經驗，然後因此成長。我認爲能有所成長的自己是最幸福的。如果眞有輪迴轉世，能在死亡之前克服一個非常困難的課題，相信下次投胎的起點一定不同，我總覺得下輩子會從此生所到達的等級之上開始。想到這裡，就覺得每一天都很重要。當然也可以無所事事地度過每一天，但我期許自己絕不要忘記今天這一天的重要性。

什麼是最糟也最棒

「最糟也最棒的路」

高村光太郎[22]的作品裡有一首詩名爲〈最糟也最棒的路〉，在他的詩集裡頭，我最喜歡這一首。我在青春期的時候讀到這首詩，有種強烈得到救贖的感覺。

那時候，置身於「所有科目都要拿八十分以上」的教育體制裡，令我非常痛苦。雖然我的父母沒有那麼看重成績，但是學校裡充斥著一種「不能不及格」、「總之要往上再往上」的風氣，讓身處其中的我非常煩惱。那時候對於學校、大人以及社會充滿了懷疑，心裡常常想著「眞相到底是什麼」。即使直接把對這世界的疑問拿去詢問周遭的大人，也總是得不到清晰易懂的回答，而且也很少人認眞看待我的問題。就在那時候，我很幸運地邂逅了高村光太郎的詩集。

一開始，是一位在我國中時代就很照顧我的人，見我沒好好讀過一本書，於是推薦高村光太郎的詩集給我，「這不是故事書，但很容易讀的」。同一個時期，我恰巧看了高村光太郎的雕刻作品，覺得他是一個很棒的人，因此自然引起我去讀他的詩的興趣。一讀之下才發現，我所尋找的「眞實」，就在他的書裡。我了解了一直以來我所想要知道的事情，非常感動。在那本書裡，給予我力量的就是這首詩——〈最糟也最棒的路〉。讀這首詩的時候，我領悟到，其實不必是最好的也沒關係，自此心情變得非常輕鬆。而我也了解到，所有的事情並非只有一個面向，在看不到的地方，還有另一個意義存在。就像有光就會有影子一樣，不管是什麼事，在「最棒」的一面之外，也有「最糟」的一面，從兩方取得良好的平衡，才是最正確的。每個人都有不願意讓人看見的虛僞、軟弱的一面，而且連自己都不願意承認。我發現，想盡辦法不讓這些缺點表現出來的想法才是錯誤的。不管是世間的事物或自己內心的事物，要能全部接受、包容，才是最糟但也是最棒的生存方式。有好的一面當然也有壞的一面，不管是哪一面都是自己，只有認同它，跟兩邊都好好地交往下去，才是正確的生存方式。不用拚命武裝，赤裸裸的也沒關

22 高村光太郎（一八八三～一九五六年），日本詩人、雕刻家。生於東京，東京藝術大學前身東京美術學校雕刻科畢業，是日本近代的代表雕刻家之一。雕刻以外，繪畫與詩文創作也很有才華。

係，不管是煩惱還是痛苦，都以平常心看待就好。因爲這首詩，我開始有了這樣的想法，這對我來說是個很大的收穫。從那之後，「最糟也最棒」就成爲我的信條了。

不管是賣書或者當一名作家，我都希望保持最糟也最棒的狀態，連自己本身都希望是這樣，目前也還是這麼想的。反而，如果我被人說成「那人是個好人，做的事都很正確」，或許比較痛苦。因此，我也漸漸不會要求人家要做到最好。無論是誰，最糟糕之處其實才是最有魅力的，正因爲那些缺點，才能看出那個人的深度。擺在店裡的書，我也覺得沒有必要只擺具世界性評價的東西。我選書的標準是「最糟也最棒的書」，將這樣的書陳列出來是我的工作。雖然是本好書，但換個角度看卻糟透了，這樣的書才是我的理想。我討厭完美的東西，也許是像我這種邊緣人才會有這種價值觀。當我能夠相信「製作完美的東西不是我的目標」時，對我來說，許多煩惱就都解決了。大部分的人，都會先找出不好或者欠缺的部分，然後想辦法隱藏或改進，以達到理想目標。但我認爲這種作法不見得是正確的。因爲不好的那一面也許也有好的部分，並不是將壞掉的部分修理好就是好，大家都應該去看看隱藏在缺陷裡的美好。如果可以將好的部分做得更完美，不但可以彌補原本的缺陷，相反的還可以讓它看起來更棒。有句話說：「先讚美，再促使成長」，這是日本教育跟跟歐美相較起來，所欠缺的特色。

找出缺點，還是找出魅力

從事編輯工作時，有個經常出現的經驗——當我給客戶看稍微成型的東西時，大家都會先找問題點。覺得將這些問題點改善，就可以做出大家認爲的好東西。當然，如果關係到公司信用，或者是影響功能的問題，我也覺得不改不行，而且改善問題對我來說，是一件再簡單不過的事情。經驗裡，沒有人告訴我「這個地方不錯，希望你再把它弄得更好一點」，事實上這樣的要求才是最難達成的。當然，如果有這種意見，也是爲了引發我更多的潛力，我會很樂於接受，令人意外地，這種機會沒有發生過。可見，相信「加強好的部分，可以做出更好的東西」的人多麼少。只要能做到八十分就好，不會期望做到更好，與其追求更好的品質，不如盡量減少八十分以下的部分，以求水準平均……。如果這樣，是沒辦法做出眞正有魅力的東西，沒辦法做出令人難以忘懷的東西。到最後，不管是看的人或是執行的人都不會成長。我認爲完美不可能存在，在最糟與最棒之間取得平衡非常重要。無論是以結果來說或是以實際現狀而言，「完美」不過是一種幻想罷了。

無論是對人或對物，我都不奢求太多。並非我冷漠，而是覺得有點缺陷也沒關係。東西會壞掉難道不是很正常嗎？感覺大家都對無關緊要的事，拚命地爭取高分。不管是書本、設計還是藝術都一樣。眼睛所見並非全部，能看到的都是很小的事，能看到存在背後那巨大的部分才是最重要的。最棒的部分並不是那麼容易就能看見，然而要怎麼做才能看到那些隱藏的、最棒的部分？這正是我所要努力學習的課題。因爲是從閱讀高村光太郎的詩集所得到的啓示，所以我希望能好好珍惜，那個能自然地接受缺陷的自己。

接受孤獨

我有一把用了將近二十年的瑞士刀。雖然刀刃已經鈍掉、不利了，但是因為旅行時使用很方便，所以就一直帶在身上。上一回去法國時，我錯把它放到手提行李中，通關查驗時被拿了出來。海關人員問我「這個要怎麼處理」時，我隨口回答「不要了，請你處理掉吧」。這把瑞士刀我用了很久，也很喜歡，光是這把刀大概可以寫上十篇左右的稿子，但我還是很輕易的把它捨棄了。我想當時應該也有留下它的方法，但不知為何，就是覺得「跟這傢伙道別的時候終於到了」，很乾脆地就接受失去它的事實。

我是個不太執著的人，有時或許讓人覺得冷淡了點，但不管是對人或對物，我都不太喜歡緊緊黏著的感覺。我常常告訴自己，對於可能發生的事都要有承受的心理準備。即使家人也會有分離的一天，會發生什麼樣的事都是無法預測的。「失去」是人生當中無法避免的事情。因為這樣，人必須接受孤獨才能生存下去。本來人就都是孑然一身的，不是嗎？不論是誰都將獨自一個人死去。所以不應該把孤獨當成特別的事，而要理所當然的接受它。如果不把孤獨當作生存的基本條件，那將會非常痛苦。也許是因為害怕失去時會悲傷，害怕自己會受到傷害，正因為抱持著這種想法才無法面對，但是我認為，人都是孤獨的，這是事實。不管怎樣，到最後還是必須由自己做出判斷，獨自一人地走下去。也因為這樣，才能和另一個人在一起。

偶爾我也會想像，如果自己死掉的話……，假設我只剩下五年的壽命會怎麼樣？是否可以毫無遺憾地死去？我希望我的孩子，在我死去之後也能夠自立更生。我希望他們可以成為這種有韌性的人。

所以，不管遇到任何事情都能夠接受，是非常重要的。拒絕很簡單，但這樣永遠無法前進，先嘗試性的接受，這是對於各種事情能夠往前進一步的訣竅。比方說你有一個非常討厭的上司，如果你總是拒絕他，你們的關係是不是就一直無法改善呢？

試著接受他說的話，一次也好，然後想想自己是否能夠理解。我也曾在工作的討論會議中，遇過簡直是胡言亂語的人，但我會先好好地聽他說完，接受他的想法之後再去思考。也許在那些話語中會發現什麼道理，或發現了隱藏的意圖。

回想起來，我好像從很小的時候就有這種想法了。小時候，我常覺得爲什麼大人想的跟我不一樣，「如果跟我一樣的話，一切就更順利了啊……」，從小就有這樣老成的想法。那可能是我與生俱來的思考模式吧！未滿二十歲就隻身一人去了美國，我想我可能是因爲這樣而了解到什麼叫孤獨。體驗過自己的存在完全不被認同的狀態，深深地感受到自己的無能爲力。當然我也接受過許多人的幫助，不過要從孤獨的深淵中爬出來，還是得靠自己的力量。絕對沒有人可以拉你一把的。我之所以能夠了解自己，大概是因爲曾有過這種經驗吧。

從美國回來之後，還曾經歷過口袋裡沒有半毛錢，不知如何是好的情形。到公園裡喝水充飢，頂多只能忍耐兩天空腹，第三天以後體力根本無法負荷，什麼辦法都沒有。就在飢餓難耐時，我發現自己周遭有不少東西，像是日用品、衣服等等，於是我就想到「把這些賣掉就好啦」。那時正好是過年期間，我把那些東西放到包包裡，跑去高圓寺的商店街，當場就開起了二手貨攤位。很多年輕人來來去去，有人跑來問「這個多少錢」、「五百塊就好」，就這樣陸陸續續把東西買走了。那之前，我收集了不少在美國買的雜貨和二手衣，都是我相當珍惜的收藏，但肚子餓到沒辦法，不管什麼統統拿去賣，沒想到卻全部賣光了（笑）。不管有多麼講究，或是多麼珍惜的東西，肚子餓了，就變得跟垃圾一樣。那時候我只覺得，要活下去根本不需要這些東西，不能吃的東西一點用處都沒有（笑）。因爲這樣想，所以就看開了，覺得自己不需要這些長物。反正，等我哪天肚子餓了，又會把它賣掉。從那之後，我對於東西就再也不執著，同時也感到非常輕鬆。開了書店之後，我不收藏書、不留庫存，也是來自於這樣的經驗。

與神共生的意義

我並沒有加入特定宗教，也沒有什麼特別信仰，但是我相信神的存在。對我來說，神一直守護著我。祂並不會特別爲我做什麼，總之就是一直守護著我。我說我不在乎孤獨，可能也是因爲我感覺到神一直守護著我的緣故。我不知道這是不是一般人所謂的「神」，對我而言，我眞的感覺得到「神」的存在。

有時候你是不是也會因爲沒有人看得到，所以覺得做這樣的事情也無妨？旁邊有人時就不敢做的事，一個人的時候就會輕易做下去。比方說隨手亂丟垃圾等，我想誰都有這樣的經驗吧。不管是這種行爲，還是到了一個陌生城市，找不到過夜的地方，忐忑不安地隨便窩在一角睡覺，這些事情，神全部都看在眼裡。我完全不期望祂會爲我做什麼，只要祂靜靜的在遠方守護著我就好了。

人爲什麼要活下去？是爲了要提升自己、爲了成長，才會活在這世界上。但只要活著就會遇到接連不斷的問題，我認爲克服這些問題會帶來成長。當我們克服了一個問題，接著又會製造機會讓我們投入下一個問題的，我想就是神吧。在發生痛苦的事或意外時，如果我想逃避，在跨越這個難關之前，神會不斷給我試煉。如果自己不能正視這些問題、克服這些難題，就一定會再發生同樣的問題；但是只要努力想辦法克服，神就會給我們一個小小的獎賞。沒有什麼高牆是跨越不了的，正因爲可以跨越，所以會再生出新的試煉，這會在人生中反覆持續著，沒有什麼自然而然就能成長的事。當我們一鬆懈，不經意地新課題就會出現了。不過它並不是以什麼連鎖幸運信的形式出現，所有的原因都是自己製造出來的，不能責怪任何人，只能將責任歸到自己身上。

賜給我們這樣過程的就是神吧。而在背後幫助我們跨越障礙的，應該是家人或朋友。我也曾經有過萬念俱灰的時候，有時候是自己想克服的意志，有時候是周遭人給予的鼓勵，讓我重新振作。正因爲在每個時刻，都會有可以相信的東西，所以才能繼續努力下去。而爲我留下可以相信的東西的，也許就是神。對我而言，這就像是高村光太郎的詩一般。

無所事事的效用

我相信算命的結果是可以改變的。不管算出來的結果多麼糟糕，星盤的排列多麼不好，靠自己的想法一樣可以改變它。也許人類對自我的存在充滿無力感，但我認爲人類「思考」的力量是非常強的。只要能積極正面地思考事情，就可以發揮相當強大的力量。「正向思考」（positvie thinking）並非全然胡說的。就算面臨困境，只要能夠正向思考，也能讓情況好轉。雖然我相信有所謂的生物週期，但那並非絕對。像是自己最能放鬆的狀態，或是最能做自己的時候，才是最符合「最糟也最棒」這句話的狀態吧。

什麼事都不做也是很重要的。雖然一般認爲不工作、無所事事是不好的，但是我卻可以接受這樣的存在。有無所事事的自己、也有拚命工作或埋頭苦讀的自己。我覺得「無所事事」並不是一件丟臉的事。像我，在那段無所事事的時期，所想的事情、看到的事情，都變成我現在工作中的助力。無意義地在街頭亂逛的經驗，在我的工作中就派上了很大的用場。

我相當熟悉阿美橫[23]。以前，曾經從阿佐谷走到上野，然後在阿美橫閒逛一整天。雖然走路要花五個小時，反正也沒其他的事情可做，是消磨時間的一個好方法。而且走路不僅可以看到很多東西，也會有很多不同的感受。正因爲有過一段這樣的時期，所以我對神保町、秋葉原一帶都相當了解（笑）。這些也都變成我的經驗及知識，所以現在我才能寫出有關那些地方的文章。雖然當時我也有過很強烈的不安全感，但正因爲我沒有逃避、放棄無所事事的自己，才能有這麼多收穫。

這樣說好像有點自大，但現在的我，跟那時候並沒有什麼不一樣。忙碌的時候很忙，但只要沒事做，嘴裡就會唸著「來去橫濱看看好了」，然後到處閒晃，只是閒晃的頻率跟以前不同而已。在漫步當中，我可以靜靜思考，自己現在想做什麼、要怎樣才能對別人有幫助。雖然我現在開書店、寫文章，但三年之後也許會改變，所以我一邊拚命努力做現在的工作，一邊思考以後前進的方向。總之，不管遇到什麼機會我都試著接受，親自嘗試過，搞不好會有新發現也說不定。如果一開始就拒絕，那就什麼也遇不到了。就算碰到腦中浮現問號的事情，也因爲能夠坦然接受，而成爲確認自己是否適合的機會，同時也擴張了自我的可能性。雖說接受愈多愈辛苦、收穫一定也會有風險，但是所付出的辛苦絕對不會白費，一定會在某個時刻對你有所助益。即使最後的結果有所偏差也沒關係，但是生存方式卻不容絲毫偏差。怎樣在最糟和最棒之間取得平衡，眞的非常重要。

23 鄰近上野車站的阿美橫是一條聚集許多平價商店的街道，有各式食品、生活用品、服飾、鞋類、化妝品、鐘錶等店家，非常熱鬧，充滿生活氣息。

關於標準與創新

《LIFE》

我剛開始經營書店的時候，專門販賣一些國外的美術書跟舊雜誌。我現在試著回想，當時為了販賣這些商品，做了什麼樣的研究、受了哪些事物影響。

首先是照片方面，參考最多的就是《LIFE》雜誌。《LIFE》創刊於一九三六年，當時創刊號的封面，是由知名的女攝影記者瑪格利特・伯克懷特（Margaret Bourke-White）所拍攝的水壩照片。那是個沒有電視，收音機也不普及的年代，擔任重要媒體角色的是報紙或雜誌等平面媒體，其中，首先嘗試利用照片傳達發生在世界各地的事件的就是《LIFE》。它不是透過文章說明，而是直接用照片表現。一翻開，可以讓讀者很逼真地感受到事件本身，這本雜誌就是以此方針為宗旨製作的。在那之前，照片不過是單純紀錄的道具，只有紀念照、建築物的照片等等，但是《LIFE》卻深入人們的生活，將日常的紀錄拍攝下來。為了將照片賣給《LIFE》，許多知名的攝影師往來穿梭於世界各地。而《LIFE》為了培養攝影師，不管雜誌是否採用，依舊出高價購買他們所拍攝的照片。

我最認眞閱讀這本雜誌，是在美國的那段期間。《LIFE》售價很便宜，到處都有販售、隨處都買得到。還有一種銷售法是，在路旁看到「可以找到你生日當天的《LIFE》」的看板，只要告訴賣方你的生日，他就可以幫你找到，總而言之，這是一本發行廣大得雜誌，很方便就能買到。我就是透過這本雜誌，第一次學到攝影隨筆和新聞攝影的表現手法。我不是從理論開始學習，而是一邊看著實際的東西一邊學習。這本雜誌讓我學到，即使沒有文章，只要將照片像紙偶戲般的排列下來，也能將發生的事情非常眞實的傳達出來。

由於接觸到這些攝影隨筆的創作始祖尤金．史密斯（Eugene Smith）等，這些現在已經被尊稱爲巨匠的攝影師，他們以記者的身分所完成的報導，讓我深刻了解到相片的美感、意義以及可能性。《LIFE》在世界大戰期間也持續發行，並且十分忠實地將「戰爭」的實況傳達給讀者。因爲它是美國具代表性的雜誌，報導立場多少偏向美國，但就我感覺它已經站在相對中立的立場做平衡報導了。不只是事件的報導，還有流行、文化等當代風俗，對於以照片呈現當代風情、眞實樣貌而言，是一本非常優秀的雜誌。

五〇年代以後電視普及化，用影像播報新聞變成理所當然，所以《LIFE》的讀者漸漸流失了，但在那之後它所刊登的照片，一樣非常具有震撼力。事實上從《LIFE》誕生了許多精采的作品，也發掘了不少優秀攝影師，正因爲這樣，我才能從這本雜誌中學習到許多東西。

從《LIFE》學到的東西，也變成我看照片的基準。就算現在你問我最喜歡的雜誌是哪一本，我還是會回答《LIFE》吧，若將範圍限定於目前仍在發行的雜誌，那應該是《國家地理雜誌》。我喜歡那種充分了解照片的力量，爲了傳達眞相，而將照片的力量發揮到極致的雜誌。正因爲照片擁有力量，所以設計就不具有太大的意義。照片本身就是設計。畢竟雜誌名稱是《LIFE》，包含的意義可大了呢（笑）。因爲是將地球上的生物姿態忠實呈現，所以沒有比這還要棒的東西了。《LIFE》對我來說就像教科書一樣，眞的是一本偉大的雜誌，從這其中可以學得到的，我希望全部都能學起來。

《Happer's BAZAAR》與《VOGUE》

關於編輯設計或者視覺圖像，我想我從流行時尚雜誌《Happer's BAZAAR》裡學到很多。《Happer's BAZAAR》的歷史相當悠遠，從十九世紀末期就有了，直到一九三五年阿列克西・布魯多維奇（Alexey Brodovitch，被譽爲現代雜誌設計之父）加入藝術指導及設計行列後，從此風格大轉變。在那之前，大部分的封面都是由流行插畫家埃爾泰（Erté）負責設計。埃爾泰的作品可說是裝飾藝術（Art Déco）時代的象徵，但是自從布魯多維奇負責之後，就有了嶄新的突破。俄羅斯出生、身爲俄羅斯前衛藝術繼承人的他，從俄羅斯遠渡法國，曾在巴黎活躍過一段時間，後來《Happer's BAZAAR》發掘他的才華，任用他擔任藝術指導，因而轉移到美國發展。同樣活躍於俄羅斯前衛藝術時代與布魯多維奇齊名的，還有一位名爲亞歷山大・利伯曼（Alexander Liberman）的藝術指導，諷刺的是他任職於另一家時尚雜誌《VOGUE》。

布魯多維奇一直負責《Happer's BAZAAR》直到六〇年代後期，雖然是雜誌，但他讓每一個跨頁充滿了高度的美感。讓我知道雜誌也有設計的，就是這個時期的《Happer's BAZAAR》。特別是在五〇年代，布魯多維奇的全盛時期，他的活躍程度不管任何攝影師或造型師，都無法與他抗衡。與其說無法與他抗衡，應該說是他決定了所有的一切。因爲他發掘了許多默默無名的攝影師和造型師，並且陸續採用他們的作品。例如攝影師理查・亞維東（Richard Avedon）和羅伯特・法蘭克（Robert Frank）都是他發掘的人才。還有，他會讓那些不是所謂「流行攝影師」的人——也就是拍攝寫實題材的攝影師——來拍攝流行題材。雖然有人認爲非專門的人無法勝任，但是布魯多維奇卻說「他們每天在街頭拍攝搶匪的照片，怎麼會拍不了一、兩個模特兒。」在雜誌的頁面中，總是可以看到他獨特的用心及發現，而那樣的觀點對現在的我影響很大。

不只是流行時尚，《Happer's BAZAAR》介紹了所有文化相關的事物。可以說是扮演了將歐洲人才介紹到美國的重要角色。例如將藝術家畢卡索和馬蒂斯的才華引薦到美國的就是《Happer's BAZAAR》。美國有才華的新秀也同樣獲得推介，例如安迪・沃荷（Andy Warhol）就是其中之一，每一位作品被刊登出來的攝影師、插畫家和作家都非常優秀。總之，我常常因爲看到《Happer's BAZAAR》裡介紹的人物，而對他們充滿高度興趣，之後都會去查閱他們的相關訊息。

布魯多維奇在《Happe's BAZAAR》所完成的事情，在我眼裡看來全都是新鮮且刺激的。不管是布魯多維奇退休之後的《Happer's BAZAAR》或是其他的雜誌，他所帶來的影響我想是無遠弗屆的。就算現在再拿出來看，還是會認爲布魯多維奇時期的《Happer's BAZAAR》實在非常了不起。閱讀這本雜誌之前，以爲流行與藝術是分屬於兩個不同世界，後來才知道原來流行雜誌也可以歸納到藝術的領域。五〇年代的《Happer's BAZAAR》所留下的豐功偉業，顯示了編輯設計將永久存留在藝術世界當中。對我來說，《Happer's BAZAAR》像是一座寶山般，可以從裡面得到許多東西的一本雜誌。

先前提到的亞歷山大・利伯曼，他所負責的《VOGUE》，與偏藝術性質並且前衛的《Happer's BAZAAR》不同，是一本追求高尚美感的雜誌。利伯曼有個人的獨特風格，他經年累月地提案以提昇雜誌的高尚質感。利柏曼的任職期間好像還比布魯多維奇來得久，一直到八〇年代爲止。比較《Happer's BAZAAR》與《VOGUE》，以攝影師來說，《Happer's BAZAAR》有亞維東，而《VOGUE》則有厄文．潘（Irving Penn），雙方對彼此都有所了解，並且都能表現出新穎的東西。又如果讓模特兒穿上同樣的服飾，素材也一樣，但是經過布魯多維奇或利柏曼的導演，再加上兩位攝影大師的技巧，兩本雜誌呈現出來的風格卻截然不同。布魯多維奇和利柏曼兩人都被稱爲是俄羅斯前衛藝術的唯一繼承人，光是將其精神運用在新的設計和領域並且開花結果的功績來看，這兩人應該可以得到相同的評價。

因爲我並不是以流行的角度來觀察時尚，但讓服飾好看的方法以及流行表現的可能性等，我是從五〇年代的《VOGUE》中學習到的。不管怎樣，我從《Happer's BAZAAR》與《VOGUE》這兩本雜誌中學習到的東西真的非常豐富。

我的三大舊雜誌

我在紐約時，因爲可以看到歐洲的雜誌，所以也從中學習到很多。被稱爲世界大熔爐的紐約，居住著來自各國的人，所以雜誌的種類也非常多。例如一本叫作《Minotaure》的法國超現實主義藝術雜誌。據說這是舊雜誌中，最稀有且價值最高的一本。這本雜誌聚集了三〇年代中被稱爲前衛的超現實主義作家，只出版過十五本左右。之前還舉辦過「Minotaure 展」的展覽會，是一本內容相當充實的雜誌，這也是我在紐約發現的。就像安德烈．布列東[24]的名字，我不是從教科書而是從舊書店中得知的。因爲我看不太懂英文，只認得名字和作品名稱，我會先把比較在意的名字記下來，之後再去閱讀相關書籍的日文譯本。就這樣，我常常在二手書店找到一些關鍵字。另外還有一本綜合文化與流行的雜誌《Flare》。這是五〇年代在美國花了大成本製作的雜誌，例如在雜誌上打洞

24 安德烈．布列東（André Breton），法國詩人，超現實主義運動先驅者，一九二四年發表作品《超現實主義宣言》（Manifeste du Surréalisme）。

等，有各種特別的設計。雖然這本雜誌只發行了一年左右，但在大約十年前還發行過精選集，是一本評價很高的雜誌。另外，《Portrait》是一本大部分由布魯多維奇自掏腰包出版的雜誌。可說是布魯多維奇將他在《Happer's BAZAAR》中無法做的事情，全部表現在這本圖像雜誌上，它曾在出版社贊助下，出版過四期，其中沒有插放任何廣告。

《Minotaure》、《Flare》和《Portrait》是我心中的三大舊雜誌。雖然我不知道裡面寫了些什麼，也看不懂文章內容，但是卻透過插圖和目錄，從中找出與自己頻率相符的作品與作家。對我來說，就像欣賞藝術一般，雜誌教了我許多東西，那些都是我到現在依舊未改變的標準，也許和我現在所從事的工作也有所關聯吧。透過這三本舊雜誌，我了解到可以運用另外一種方式來呈現等觀念，可說是我創作靈感以及發現新事物的寶庫。

舊雜誌裡的寶藏

現代的時尚設計或視覺圖像設計，都是攝影師們在尊崇昔日的精采舊雜誌之下，經過消化吸收後所表現出來的嶄新樣貌。他們幾乎都毫不諱言自己受到那些素材的影響。這不能說是盜用創意，應該說是最極致表達感謝的方式。例如在美國就有人說：「只要有一本五〇年代的《Happer's BAZAAR》，就等於擁有了工作一年的創意。」

在日本，雖然設計界的人也拚命收集舊雜誌，但是好像還沒有普及到一般民衆，而且也很少人會大聲地說舊雜誌有多棒。開始經營書店的時候，我很希望能讓年輕人多看看這些雜誌，很想讓他們知道，由於有這些舊雜誌才會有現在的設計、編輯的訊息。因爲我從這些雜誌和美術書籍當中發現很多值得學習的東西，所以認爲這也能成爲大家的某種契機。雜誌這種東西，因爲只有一個月的壽命，但是，它的確持續在發行當月產生最新訊息。仔細慢慢閱讀，可以從中學習到許多、也可以獲得靈感。舊雜誌並不是像一張畫般的被評價，它裡頭存在著現今無一處刊載、屬於過往時光的訊息。

的確還是看到實際的東西才是最好的。我也是因爲看了很多實物，在自己研究之後，從中得到不少信心。由此我不但學到了攝影的歷史，也學到了時尚與設計的歷史。我並不是在高聲炫耀什麼，只不過我相信擁有知識眞的會讓人更有自信。而將別人所不知道的知識，持續累積在自己心底，所獲得的滿足感和充實感會成爲一股激勵的力量。

現在的年輕人在看國外雜誌時，也許只是在追求圖像的時髦感，即使看不懂文字，光看內容也會有很多發現。例如這本雜誌刊登什麼特輯、介紹了誰等等，光是一手拿著字典一邊閱讀目錄，就可以享受更多雜誌的樂趣，並且從中學習到很多東西。

下一個課題是「技術」

在舊雜誌裡，我也有自己的一套標準，這個標準直到現在都沒有改變，但最近我的想法卻有點變化，有一部分是，開始討厭依賴從舊東西所獲得的知識。

之前我總是持續去發現一些人家所不知道的事物，並且拚命將它傳播出去，但最近卻變得越來越沒興致。可能是對於物質性的東西開始不太感受得到魅力。以前只要進到一間沒去過的二手書店，就會非常興奮，且挑選很多書。現在卻不太有找書的興致。與其說是膩了，不如說對於輸入（input）創意來源，已經失去興趣了。

客觀來看，我想現在的我最欠缺的是技術。至目前爲止，我都是靠著自己的品味和經驗在工作，在這些方面我也有不輸給他人的自信。但是，慢慢地我感受到，這樣的做事方法，要再更上一層樓的極限。我的興趣已經逐漸偏向學習技術，像是寫文章的技術或是編輯的技術等，以前都是靠著隨興或品味前進，我希望以後可以再學習一些技術層面的東西。

關於書店也是。我希望學習經營書店的技術。至今爲止都是靠書來決勝負，以爲只要書好客人就會買，也能展現自己的品味。但我已經感受到這種作法的極限了。爲了要經營下去，不停地去找有趣的書，這是宿命，但一輩子都只做這個未免太痛苦了。只爲了找新書而去書店，我覺得有點悲哀。偶然的邂逅是一件令人高興的事，但如果必須從店裡的這一角找到另一角，那就有點痛苦了。當然，一定還有很多我不知道的好書存在，之後如果能遇到那樣的書，並且透過自己傳播給別人，我也會因此感到高興，但我希望不要只偏重在這樣的事情上。爲了取得平衡，我想學習技術是必要的，這也是我目前的課題。今後爲了要提升書店的品質，我不想在技術學習上怠惰。正因爲經營書店已經超過十年，也做到了某種程度，所以我才能看到自己身爲書店經營者，尚未成熟的部分。

「COW BOOKS」誕生

因爲各式各樣的理由，有好幾家令我尊崇的書店，其中最讓我佩服的是長年經營的書店，像是巴黎的「莎士比亞書店」[25]、或是紐約的「史傳德書店」[26]。能夠長久持續下去就等於跟一時的流行無關。我現在經營的書店，也許會被認爲是一種流行，但是無論如何我都想讓它長久經營下去，也希望透過持續經營，來證明我的書店不只是流行而已，我想讓自己的書店變成一種理所當然的存在。因此，我認爲一直維持精品店的形式，是無法持續下去的。目前爲止的 m&company 都是由松浦彌太郎這位採購人來選擇店裡的商品，若將眼光放遠一點，就必須考慮到「萬一哪一天我不在了，書店要怎麼辦？」我所期望的店，是即使我不在也能持續經營下去的店。正因如此，學習經營書店的技術的確有其必要性。在這樣的思維下所產生的，就是新的書店「COW BOOKS」。

25 巴黎的莎士比亞書店（Shakespeare & Co. Books）一九二一年由美國人 Sylvia Beach 女士創立，大部份賣的是英文二手書籍與新書，經常舉辦讀書會與研討會。早期曾提供艾略特、海明威等作家財務支援，讓他們不致爲生活所困，能盡情一展才華。

26 史傳德書店（Strand Book Strore）成立於一九二七年，以銷售二手書爲主，被讀者公認爲世界最大的二手書書店，書種極多且價格便宜，爲紐約市文化地標。

從四年前，我就開始和 GENERAL RESERCH 的小林節正先生說，想開一間可以連結到下一世代的書店。首先想從作爲一間書店應有的型態做起。書店並不只是單純地排列書籍販賣，應該也要有經常匯集情報、再將從中產生的新情報傳播出去的功能。我希望將它的規模擴展到整個社區，不只是單純的商業行爲，而是成爲社區裡重要的據點。現在可以稱得上社區重要據點的是便利商店，但光是這樣好像有點薄弱。因此我想成立一間能對社區有用的書店，只要去那裡就可以得到所有問題的解答，並且充滿可以讓人恢復元氣、得到激勵的書。像這樣的店，陳列的書種會比之前的 m&company 要來得少，應該不會再看到一些次文化或圖像書等精選書籍。宣傳的標語是「雖然沒有稀奇的書，但是有令人開心的書」，希望大衆別抱著找稀奇書的目的前來。我希望可以找到更多令人開心的書，並且將它陳列在店裡。

我也想在 COW BOOKS 經營出版方面的業務，希望建立一個販售自己製作的東西的環境。書店不要只是賣別人製作的東西，也應該自己做做看。就算不是印製裝訂的書，而是影印裝訂起來的也好。舊金山的「城市之光書店」[27]就是我們的目標。那家書店同樣也是由兩個人開始做起，規模雖小，但我們希望這是個集聚新興人才的場所，然後藉此掀起小型的運動，等十年、二十年後，希望聽到的不是「這是由某某開始的」而是「這是由那家店興起的」。這樣的理想不是一年、兩年就可以實現，我很清楚這並不簡單，也明白這不是花錢可以買到的。所以我跟小林先生談過，可能需要三十年或五十年，「搞不好需要花上一百年的時間也有可能吧」。

我們必須做的是「持續下去」這件事。我跟小林先生頂多只能再活三十年左右，不可能一直培育 COW BOOKS。三十年能完成到什麼程度，可以想像得到。既然這樣，就不要設定三十年的期限，只要將眼光放得更遠，我們的理想就能更加擴大。就因爲這樣，所以更需要交棒給下一個世代的人，只要有意願繼續 COW BOOKS 的年輕人出

27 位於舊金山的城市之光書店（City Lignts Bookstore），有先鋒文學聖地之譽，由美國詩人弗林格提（Lawrence Ferlinghetti）與馬丁（Peter D. Martin）創立。五〇年代中期，舊金山「垮掉的一代」（The Beat Generation）文學運動發源地之一。代表作家金斯堡（Allen Gisberg）的著名詩集《吼和其他詩作》（Howl and Other Poems）便由城市之光書店出版販售。傑克・凱魯亞克的《旅途上》亦爲該派經典之作，「垮掉的一代」名稱最早便是由他提出。

現，我們就算沒能看到志業完成也不在意，只要讓我們起頭就足夠了。換個世代之後，理想也許會有所改變，那也沒關係，只要是爲了繼續成長，能做到連結到下一個階段的地方就好了。希望它一直持續下去，可以成爲中目黑一家很棒的書店，這樣我們就心滿意足了。

行動書店也會繼續。因爲我的理想是，可以移動的店和固定開著的店兩者皆存在。而且行動書店差不多經營兩年了，正好想來改裝它。趁這個機會，想請 Bonzaipaint[28] 幫我塗裝車體。

因爲 COW BOOKS 的目標，是爲了實現我們所認爲的「自由」，我認爲有夢想是美好的。這樣一來責任感也稍微減輕了。反正前提是我們終究會有離開 COW BOOKS 的一天（笑），衷心盼望「認爲非我不可的人來吧」。雖說如此，我也希望它不僅是懷抱夢想，並在商業運作上也能夠成長自立。希望藉此讓大家知道，理想和夢想是可以化爲現實，並持續下去的。泡沫經濟的時代，雖然有各式各樣的理想生成，但是也都在短時間裡消失無蹤，大家都深刻感受到「自己想做的事情，結果並不能拿來當作生意」的經驗。但是，我們想要讓大家看到，正因爲身處於這樣的時代，所以理想和夢想都可以持續下去，而且更加有必要讓下一世代的人，都見證到這樣的事情。我們到底能夠留給下一世代什麼東西，對我來說這是最令人關心的一項課題。

身爲寫作者或許也有可以做到的事，身爲書店經營者，我也希望繼續追求夢想。兩者好不容易都持續到現在，當然也希望能繼續下去並且留下一些痕跡。好比自然循環一樣，一顆種子長成之後，裡面的種子再掉落到地面，然後又開始發芽開花，之後又凋零的循環。自己所開出的花朵即使最後枯萎了，還是可以向下一個世代播種。種子也將會因應環境而產生必要的變化，這是美麗自然界的法則。我希望無論什麼事都能依照這樣的基準進行下去。

28 Bonzaipaint 設計團隊主要是從事服裝與運動商品設計以及參與賽事活動規畫。以沒有特定風格的自由派設計見長，擅長以圖象傳達訊息。以設計自行車相關配件上之圖案、彩繪聞名。

對談

如何不上班地生活

岡本仁×松浦彌太郎

如何不上班地生活？

松浦：我是在差不多二十歲左右讀到雷蒙・夢果（Raymond Mungo）的《如何不上班地生活》這本書。感覺上並不是太久以前的事，剛開始讀的時候，其實沒什麼感覺，或者該說不覺得有趣。之後再讀一遍，漸漸就感覺還挺有意思的。最近又再讀了一次，覺得眞的很好看。

岡本：這次找我跟你對談，想說得再讀一次這本書，所以不是請你寄書給我嗎？結果我翻了一下，才發現一件很嚴重的事情……「啊！我根本沒讀過這本書」（笑）。

松浦：原來還有這樣的笑話啊。

岡本：我一直以爲我一定讀過的。而且我還搞錯出版年份。這本書是一九八一年發行的吧？因爲是在我念大學的時候，所以一直以爲是七〇年代的書。好像有很多不確實的想像。譬如說，以爲雷蒙・夢果是城市之光書店的店員之類的。總之就因爲對書名印象太深刻，而誤以爲自己讀過了。這本書發行之後，也出版相同書名的系列書，那些我大概都讀過了。但竟然隔了二十年才發現，沒讀到最重要的這本雷蒙・夢果的《如何不上班地生活》。

松浦：我讀這本《如何不上班地生活》跟之後的系列時，感覺自己未來選擇的範圍變廣了，讓人精神爲之一振。話雖如此，我也沒有因此而嘗試很多事情，只是我從這系列書所得到的影響，至少絕對不會是壞的。對我來說，也因爲對這系列書有種感謝的心情，才會想要製作一套現代版。

岡本：經過二十年之久，我第一次閱讀，雖然還沒有全部看完（笑），但我大概可以了解你剛剛講的「剛讀的時候沒什麼感覺」的意思。一開始以爲裡頭有寫如何不工作地生活下去的方法，結果並沒有。因爲這書名，本來想說「可以不用工作賺錢，什麼事情都不做就這樣度過一生，眞的很不錯」而開始讀這本書，結果說到底還是逃不過「爲了生存下去，還是必須工作賺錢」。雖然是這樣沒錯，但這本書裡說的，也不是要你進入體制，而是讓你多一種想法，知道有方法可以讓自己置身於體制外賺錢度日。

松浦：也就是說，不是從既有的選項裡去選擇，而是自己去創造其他的新選項。就算是不上班，結果也是得從事某種工作，也有其辛苦的地方，我認爲自由工作者並不一定比上班族輕鬆。但是「不上班地生活」這句話確實能觸動人心，或者可以說是讓人感覺到「自由」。希望新編的這系列書也可以讓讀者有這樣的感覺。

岡本：也就是說，這本書所講的並不是「不工作地生活」，而是「不上班地生活」。上班等於是被聘僱，誤以爲可以不被人聘僱而活下去的方式，等於可以不用工作而活下去，心想眞是一本爲我而寫的書啊！結果讀了才發現它是要我「好好工作！」（笑）。

松浦：我也以爲是這樣，拿起來看之後，就有「咦？」的感覺。

岡本：雷蒙・夢果在前言裡寫到，以前憎恨的對象——工作，現在竟成了最大的玩樂。我想這本書要講的，應該就是這樣的東西。

上班如何？不上班又如何？

松浦：到公司上班跟不上班地自己做點什麼工作，感覺好像有很大的不同，但仔細想想其實沒有太大的差別，一樣都是不工作就沒有辦法活下去，結果還是要工作才行。我覺得要能夠樂在工作才是最重要的事情。岡本先生有在上班，而我沒有在上班，我們平常見面並不會有什麼特別格格不入的感覺。特別是岡本先生就算是有在上班，感覺上也像是沒在上班的人。

岡本：（笑）我這副德行，讓人有那樣的印象也是沒辦法的吧。雖然我有在上班，但大概有很多人會覺得沒有比我的工作還要自由的了，或是能夠像我這樣做自己想做的工作不是很好嗎？事實上並不是這麼一回事。

松浦：大家看我平常穿得很休閒，感覺好像很隨心所欲地做著自己想做的事情，其實在大家沒看到的另一面，我也可能要穿著西裝去見誰。都是一樣的。岡本先生目前的工作是第二家公司嗎？

岡本：我上班的第一家公司是札幌的電視台。那時候我並沒有想太多要不要上班的問題，只是覺得大學畢業了，該找份工作，這樣而已。很自然而然地就開始上班了。不過因爲上班前只知道一些表面上的東西，進了公司才知道原來公司裡還有業務、總務、會計等部門。當時還嚇了一跳，自己竟無知到這種程度。結果被分配到業務部，過著每天去廣告代理商拜訪客戶的生活，即使這樣，也只不過覺得「喔，原來就是這樣啊！」的感覺。

松浦：不過，意外地有些本來感覺很無趣的事情，離開學校以後開始做了，覺得還滿有趣的。

岡本：嗯……呀，我倒是沒有這樣的經驗。因爲是業務的關係，每天都必須見一些人，這些人並不都是自己打從心裡想見的。像那樣讓自己去跟不認識的人見面，跟不認識的人溝通，其實是很有壓力的。

松浦：我也是因爲一個突如其來的念頭就開始工作的人，一開始不知道該做哪些事情，就找一些商業書、自我啓發的書來讀。因爲沒有人教，也沒有人罵我。自己想像以林肯、卡內基作爲心靈導師來鞭策自己。所以對於像公司組織這樣的東西，我其實是有憧憬的。我的狀況是自己不去行動就不會發生任何事情，必須思考怎樣去接觸外界，怎樣去製造跟人會面的理由。我想，從他人的觀點來看，我們兩人都是那種感覺狀況很好的情形。岡本先生進「MAGAZINE HOUSE」[29]是在那之後嗎？

29 創立於一九四五年，出版多本雜誌，包括使用大量圖片的女性雜誌的始祖《anan》，及創造出「花子族」流行語的《Hanako》，以及其他如《POPEYE》、《BRUTUS》等人氣雜誌，是日本最具指標性的雜誌出版社之一。

岡本：我在札幌待了兩年左右，調職到東京，之後在那家公司待了三年多。很偶然的，從在公司附近的店家買的《BRUTUS》上看到「招募員工」的廣告，於是瞞著公司偷偷跑去應徵，結果被錄取了。並不是因爲想做雜誌而去上班，而是因爲想說可以活用過去累積的工作經驗，又可以不用調職，一直在東京住下來，所以才換工作的。

松浦：眞是令人意外。不是因爲想作出版編輯，而是以業務身分進去的這一點，滿有趣的。

岡本：當然不管是雜誌或書，我都喜歡，也覺得自己受了很多影響，但是並沒有想過要成爲製造者。不過，聽到那些跟我同期進公司負責編輯的人的談話，感覺蠻有趣的樣子。首先是不用穿西裝，上班時間也彈性，開了新店就去採訪、或訪問自己喜歡的音樂人等，看到這些聽到這些，久而久之就想，同樣都是領薪水，這樣的工作應該比較好。所以就跟公司說我想做編輯，雖然被罵說「岡本，你不是說你不做編輯嗎！」之後經過了三年左右，我就被調到編輯部了。

松浦：有件事情我現在才敢說。以前我去跟人家見面的時候，都是穿西裝去的，六〇年代的「Brooks Brothers」[30]。因爲那時候在賣舊版的《VOUGE》、《Harrer's BAZAAR》一本要賣到一萬日圓以上，想說要賣這麼貴的東西，穿著牛仔褲、T恤去總是不好，如果是現在大概就不會在意了。但當時打扮整齊好去見人，感覺上帶點緊張感也算是好事啦，而且那時候我還蠻喜歡當業務的。因爲見了人，就會有下一次，也會有行程可以安排，所以不斷地打電話推銷，想盡辦法向外發展。像這樣做著類似業務的工作時，我嘗試過很多事情。「努力是不會背叛你的」這句話是有一點誇張，但是我眞的從中學到，只要有所行動之後，一定會有成果。

岡本：我也這麼覺得。就算是討厭的工作，還是會學到技巧。雜誌的編輯工作，最重要的部分在於跟人見面、說服人、讓人家有意願。是要藉助別人的力量做好東西的工

30 美國經典男性服裝品牌，品味典雅、設計簡潔，美國不少畢業生應徵或就職時的第一套西裝就是Brooks Brothers，也是許多白領階級心中的最佳服飾，甚至受到歷任美國總統如羅斯福、甘迺迪到布希、柯林頓等的喜愛。

作，而且使力的方向也要靠編輯的提案。第一次見面的人居多，有人跟自己合得來，也有人合不來。即使這樣還是要去跟人見面、說服人家，跟我第一份工作，在上班後覺得不喜歡工作內容其實沒什麼不一樣。即使覺得不喜歡，還是做了五年左右，這些都已經變成自身的技能了。像是，如何解除初次見面的人的心防，談話陷入膠著時化解的方法等，這些都變成非常有用的經驗法則。我常常想，人的一生就像是一條軌道，而我們就在上面做線性移動。我也明白，如果不幻想在某個地方會突然加速，是很辛苦的。但是說到「高中出道」跟「大學出道」[31]，在那個時間點變成另一個人格，或從那個時間點變成另一個人生，這樣的事情是不可能的，結果還是在那條線上走著。這樣的東西是無法抹去的。與其想要將它抹去，不如想想要如何活用它。

松浦：我想一定有很多人想進入岡本先生所編輯的《relax》這本雜誌的團隊工作。而我也能夠理解為什麼他們會這麼想。

岡本：我到目前為止，還沒有過想盡各種辦法一定要在哪裡工作的經驗。所以會去思考要如何看待自己所做的事情。對其他人來說，相對就是一種想要在這裡工作的動機，然後自己應該如何去應對。到頭來你還是必須成爲公司員工，必須遵守公司的規定。我並不是爲了做《relax》而待在現在這個公司，這是公司命令我去做的一項業務。可能會有人以爲只要進了《relax》編輯部，說不定可以感受到那種「不上班地生活」的感覺，但事實上這完全是「上班」的世界。對於這個事實，不知道想要進入《relax》的人是否可以理解？我在跟各種不同的人說明的時候會這樣思考。所以我非常強調自己是上班族這件事，當然也有一部分是我的確覺得自己是上班族，不想把自己放在奇怪的幻想上。不想把自己包裝成「實現夢想的男人」到處去說，只不過是我的工作剛好有這種性質而已。我覺得必須強調這一點才可以。我認爲這就是上班的男人對於「上班」這件事最重要的體認。我承認自己現在正處於製作東西這個最幸福的地方，但是也有可能明天突然公司發布人事異動，而被調往別的地方。我覺得一定要好好跟大家講清楚，我是隨時做

31 指上了高中或大學之後，因爲生活環境改變，而想做些新的嘗試或改變個性。

好接受這樣安排的心理準備。這是跟獨立運作的雜誌不一樣的地方。不過，一方面接受這樣的情況，另一方面在公司裡如果不能堅持做自己，不去戰勝周遭的環境，是無法暢快的工作。就算是上班，也可以保持獨立的狀態。這是態度的問題。

松浦：沒錯。很多人會覺得一旦到公司上班，就只能做公司所指示的事情而已，但實情並非如此，就算是在那樣的環境下，也可以主動提出自己想做的事情，或者是創建新的業務。

岡本：自己經營事業的人，錢怎麼使用，都是自己的責任。但是我們所做的事情，有可能是用其他部門所賺的錢來製作，如果那邊沒辦法創造利潤的話，這邊的案子所投下的成本對公司而言就等於是投資，等於是對員工、也就是我們自己的投資。因此我覺得自己必須努力做到讓公司有念頭想要投資自己。然後就會開始意識到，必須讓公司所投資的金額創造出可以分配的利潤才有意思。如果把這當成是有趣的事，上班就沒有那麼可怕了。

對書店的期許

松浦：岡本先生從我在橫濱自己家裡開書店時，就以朋友的身分不間斷地觀照著 m&co.。這次我跟 GENERAL RESERCH 的小林先生以共同經營的方式開始了「COW BOOKS」這家書店。我要開設新店時，首先想到的是，站在一個愛書人的立場，會覺得什麼樣的書店才是家好書店，以及岡本先生對這家店會有什麼樣的看法等，擅自把你拿來當樣本了。所以這次的店，也希望趕快讓岡本先生看到。我一直販賣以西洋美術書爲主的書籍，但是在經營行動書店的時候，我就想說不要只是賣洋書，而想選一些本國的書賣。剛好那時候岡本先生說想整理一下自己放在倉庫的藏書，當時接收的書就變成了行動書店的原形了。這次的書店，從當時繼承自岡本先生那裡的陣容，成長爲何種形式呢？當然我一直以來所販賣的美術書也會有，不過我還是希望它是一家不挑客人的書店。我希望務必能讓你看看。

岡本：我去書店是因爲想看人家的書架。除了我無論如何都希望留下的書以外，你的行動書店可以說是接收了我所有的書，所以感覺像是自己的書架。雖然不是很頻繁地去店裡，但還是有過那種買下自己賣出去的書的經驗（笑）。畢竟還是別人的書架，看到擺在行動書店的架上，就會讓我想要擁有。在新書店看到什麼新東西，總會有一種雀躍的感覺。

松浦：老實說，以某個角度來說，以前是有意識地將覺得很酷或是很時髦的部分，當作某種主張地來收集書。但現在，我強烈地想開一家很平常而普通的書店，不過不是賣新書，而是賣很久以前就一直受人喜愛，以後也會一直被喜愛的書的普通書店。也希望它是一間，如果自己是客人會每天都想去的書店。然後，覺得改變最多的是，不想再讓自己的個性全部顯露在這家店。而是想要做到那種仔細看才感覺得到些微個性顯露的程度，花時間慢慢去營造出來。當然也要以能夠收支平衡爲大前提。我經營書店十年，漸漸知道如何收支平衡的方式。收支平衡後，再來要做什麼呢？這是我今後需要思考的問題。在金錢方面也只能是這樣了，考慮較多的是，一直以來使用 m&co. 就等於是用松浦彌太郎的方式在做，所以我希望結束這樣的作法。岡本先生也不希望《relax》等於您自己吧？

岡本：絕對不希望人家這麼認爲，因爲並不是我自己一個人在做。因爲有很多人參與其中，自然就會有自己所沒有的要素，也有超越自己所擁有的全部的東西，這雜誌裡有的東西並非全部都是我自己所有。所以《relax》等於岡本可以說是一種幻想，我不希望讀者有那樣的幻想。這是很多人靠著各種力量，而形成了某種像是性格一樣的東西，我覺得，如果認爲這等於那些製作的人，會變成很奇怪的事情。這是集合了大家的理想而形成的一個理想，硬是賦予這個理想一個個性，覺得等於是某個人，我認爲這是很可怕的。雖然實際上所做的東西當然有自己花費力氣在其中，但是希望大衆能夠感覺到有各種人的力量在裡頭，而不是哪個人的性格就足以代表。

松浦：我也這麼認爲。充分感受到並非自動化生產出來的東西，只要有人的手的溫度這樣就夠了，而那到底是誰的手，其實不必想那麼多。關於這次的書店，也不是全部都要我來做或者是小林先生做。而是考慮到今後，覺得最好還是有很多人參與，不斷地改變形式並且能夠繼續下去的方式比較好。

關於今後

岡本：這本《如何不上班地生活》我可以再借一陣子嗎？我覺得是應該好好讀一下這本書的時候了。老實說，我正開始考慮要如何不上班地生活。並不是因爲什麼負面理由而這麼想，只是想到接下來自己想做什麼的時候，有點覺得差不多可以不要再讓人聘僱了，才有這樣的念頭。現在雖然這麼說，搞不好我也可能會在公司待到退休也不一定（笑）。並不是藉此發出宣言要變成自由工作者，而是想到自己今後的人生，才想說其實也有一種選擇是不要上班地生活。一想到做了這樣的選擇之後，會有什麼樣的辛勞、會有什麼樣的樂趣，就覺得非常有興趣。非常想讀雷蒙．夢果的這本書。

松浦：即將刊登這場對談的書，可以說是《如何不上班地生活》系列之一的現代版，等書出版之後我送你一本（笑）。果然岡本先生現在這種心情，絕對不是學校剛畢業的人能有的。

岡本：頂多會覺得如果工作沒有了，會變成怎麼樣。自己喜歡工作這件事情，是開始上班之後才深深領悟的，所以想嘗試看看不上班地工作是什麼樣的感覺。覺得自己人生的軌道的另一頭，如果有個不上班的自己也不錯。想到這些，就覺得希望在精神上做一些準備。如果今後想要一直維持這種好的感覺，好像需要不上班才能達成。只是覺得，差不多是時候預想這樣的狀況來看事情、判斷事情、思考事情，說不定會有什麼好結果也說不定。

松浦：我希望讓 COW BOOKS 這家書店變成一家在我跟小林先生死掉之後，都還能夠繼續營運的店。如何才能變成那樣的型態，對我來說是一項大課題。希望它不是那種某個人不在，那家店就會不見的東西；又覺得也不是讓它變成一個公司，組織壯大就可以以辦到。我覺得應該有別種方式。

岡本：在國外，不是有個人開公司，成功到某個程度就賣掉的例子嗎。在日本可能很難想像，將公司賣掉的錢再拿來創造新的資金，再去從事更新的事情，這樣的方式才是最喜歡工作，或說是忠於自己喜好的工作愛好者吧。如果維持工作本身變成了最重要的目的，最後就會變成不確定是不是自己想做的事情。有了一個成果之後，如果有人想接手，把它交出去而自己獲得了新的資金，去做原本沒辦法做的事，從頭去想、去執行，我覺得這樣的人才是眞正喜歡工作的人吧。工作等於玩樂，我認爲雷蒙・夢果所說的感覺應該是這樣的事情吧。

松浦：没錯。以後我們可以留給下一個世代什麼，也是一個課題。

岡本：有些人喜歡創建，有些人喜歡壯大。喜歡創建的人就一直創建，我覺得說這樣是没有責任感的表現是不對的。某種意義來說，是不想跟工作一起殉情，我覺得可以維持移動的自由才是更健全的。

松浦：一點都沒錯。那以後也請多多指教了（笑）。

岡本：當然。

後記

松浦彌太郎

為了成就「最糟也最棒的書店」這樣的理想，我跟朋友一起合開了一家名為「COW BOOKS」的小書店。在那裡，比起珍奇的書，有更多令人開心的書，是一家不論小孩或大人，都可以安心利用的安全的書店。在這家店草創初期，正好是我對於經營舊書跟寫作這種創造性的事情，興起想從頭來過的念頭之時。也許要花一點時間，但每一個重新來過的東西，一點一點地顯現出來，才是形成眞正的「最糟也最棒的書店」的方法。這也可說是對許多友人、家人，以及每一個在周遭支持我的人，所表達的感謝心意。

最糟也最棒的書店

作　　者　松浦彌太郎
企　　畫　松浦彌太郎
內頁攝影　田辺わかな（※除外）
譯　　者　江明玉
封面設計　寶大協力設計有限公司
美術編輯　走路花工作室 (hahahana)
責任編輯　張雅惠
企畫選書人　賈俊國

總 編 輯　賈俊國
副總編輯　蘇士尹
資深主編　劉佳玲
採訪主編　吳岱珍
行銷企畫　張莉滎・王思婕

發 行 人　何飛鵬
法律顧問　台英國際商務法律事務所 羅明通律師
出　　版　布克文化出版事業部
台北市中山區民生東路二段 141 號 8 樓
電話：(02)2500-7008　傳眞：(02)2502-7676　Email：sbooker.service@cite.com.tw
發　　行　英屬蓋曼群島商家庭傳媒股份有限公司城邦分公司
台北市中山區民生東路二段 141 號 2 樓
書虫客服服務專線：(02)2500-7718；2500-7719
24 小時傳眞專線：(02)2500-1990；2500-1991
劃撥帳號：19863813；戶名：書虫股份有限公司
讀者服務信箱：service@readingclub.com.tw
香港發行所　城邦（香港）出版集團有限公司
香港灣仔駱克道 193 號東超商業中心 1 樓
電話：+86-2508-6231　傳眞：+86-2578-9337　Email：hkcite@biznetvigator.com
馬新發行所　城邦（馬新）出版集團 Cité (M) Sdn. Bhd.
41, Jalan Radin Anum, Bandar Baru Sri Petaling,
57000 Kuala Lumpur, Malaysia
電話：+603- 9057-8822　傳眞：+603- 9057-6622　Email：cite@cite.com.my
印　　刷　韋懋實業有限公司／卡樂彩色製版印刷有限公司
二　　版　2013 年（民 102）6 月
售　　價　250 元